いつわりの純潔

シャロン・ケンドリック 作

柿沼摩耶 訳

ハーレクイン・ロマンス

東京・ロンドン・トロント・パリ・ニューヨーク・アテネ・アムステルダム
ハンブルク・ストックホルム・ミラノ・シドニー・マドリッド・ワルシャワ
ブダペスト・リオデジャネイロ・ルクセンブルク・フリブール・ムンバイ

A TAINTED BEAUTY

by Sharon Kendrick

Published by Harlequin K.K., Tokyo, 2013

シャロン・ケンドリック

英国のウエストロンドンに生まれ、ウィンチェスターに在住。11歳からお話作りを始め、現在まで一度もやめたことはない。アップテンポで心地よい物語、読者の心をぎゅっとつかむセクシーなヒーローを描きたいという。創作以外では、音楽鑑賞、読書、料理と食べることが趣味。娘と息子の母でもある。

主要登場人物

リリー・スコット……………パティシエ。
ジョニー・スコット…………リリーの実弟。
スージー・スコット…………リリーの継母。
ダニエル………………………リリーの友人。
フィオナ・ウエストン………リリーの雇い主。
トム……………………………リリーの元婚約者。
チーロ・ダンジェロ…………実業家。
レオノーラ・ダンジェロ……チーロの母親。
ジュゼッペ……………………チーロの従兄。
ユージニア……………………チーロの元恋人。

1

見られている。

なぜかリリーにははっきりとわかり、うなじの産毛が逆立った。パイを作っていた手元から顔を上げる。外のまぶしさに目を細めると、庭の向こうの端にがっしりした体格の男性がたたずんでいた。

彫刻のように微動だにせず、そよ風に吹かれてわずかに豊かな黒髪だけが動いているように見える。リリーが作業をしているキッチンの開いたドアからもかすかな風が流れこんでいた。はからずも乱れ咲く初夏の薔薇《ばら》の東屋《あずまや》を後ろにしたその姿は、まばゆい庭の景色のなかで消すことのできない黒々とした染みのように見える。男性が家に向かって歩きはじめるのを見て、リリーは心臓がどきんとした。

なぜそれほど怖いと思わないのだろう。どうして金切り声をあげ、手近な電話をつかんで敷地内に不審な人物がうろついていると警察に通報しないの？ 男性の出現でずっと頭から離れない悩み事が紛れたせいだろうか。あるいは、男性に普通の分別を失わせる何かを感じるせいかもしれない。男性はここにいるのはごく当然という様子に見える。あたかも心地よい夏の日が彼の到着を待ち望んでいたかのように。

整然と刈りこまれたエメラルド色の芝を横切る彼の腿は、上質なグレーのズボンを突き破らんばかりに盛り上がっている。リリーは後ろめたさを覚えながらもそのたくましさを堪能した。そよ風が白いシャツの胸元に吹きつけ、その下の締まった筋肉質の体を浮き上がらせる。まるで詩の世界から抜け出てきたようだわ。リリーはうっとりと見つめた。一日じゅうでも見ていられる。

男性が近づくにつれ、リリーはその見るからに官能をそそる顔立ちに気づいた。濃いまつげに縁どられた黒い瞳は危険な輝きを帯び、輪郭のはっきりした顎は精力旺盛な新しい髭《ひげ》でうっすらと覆われている。自分の唇に重ねられるところを想像せずにいられない唇。男性がキッチンのドア口で立ち止まると、興奮の強さは本格的なサッカーの試合並みになり、めまいがしそうだった。男の人にこれほど圧倒的な欲望を感じたのはいつが最後だっただろう？　その抗しがたい力をどうして忘れていられたの？

「あの……何かご用が？」自分の言葉のおどおどした響きにはっとして、リリーは男性をにらみつけた。「心臓が飛び出るほど驚いたわ。こっそり忍び寄るなんて！」

「こっそり忍び寄ったつもりはなかったな」男性はからかうようなまなざしを向けた。リリーがうっとりと彼を見ていたのはわかっていると言わんばかりだ。「それにしても、きみならどんな侵入者も苦もなく撃退できるように見えるが」

リリーは男性の目が自分の手に向けられているのに気づいた。その手は製菓用ののし棒を新種の護身具のように握りしめていた。リリーは急にがさがさになったかに思える唇を舌で湿らせた。「パイとケーキを作っていただけよ」

「それはびっくりだな」チーロはおもしろがるような表情を、彼女の背後にある小麦粉で覆われたテーブルに向けた。果物を敷きつめたパイ皿とシュガーシェイカー。突然チーロの理性は、目の前の女性の優しげな美しさよりも、その光景のほうに警戒をうながした。雑然としたキッチンに漂うケーキの焼けるなじみのない匂いは、垣間見ることしかなかった世界を思い起こさせた。温かく居心地のいい家庭の世界――突然の胸の痛みを日頃の沈着冷静さで振り払い、彼はパイの製作者に目をやった。

これまで出会ったことがないほど古風な感じの女性だ。古いテレビ番組の再放送以外で、こんな女性にお目にかかるとは。悩ましい曲線が体のいたるところに魅力的な陰影を作っている。おまけにエプロンを着けている。最後にエプロンをしている女性を見たのはいつのことだろう。もっとも、彼の最後から二番目の恋人がベッドルームで着けていたセクシーなフランスのメイドのコスチュームを除けばだが。彼に飽きられつつあると心配してのことだったようだが、まあそれは事実ではあった。あのエプロンは、着けている女性の体をあらわに強調するためのものだが、それに比べるとこちらはずいぶん清楚《せいそ》なタイプだ。フリルのたくさんついたレトロなデザインのコットンのエプロンで、見たこともないほど細いウエストを強調するかのように、きっちりと結ばれている。

じろじろと他人を見るのは不作法だと言われるかもしれないが、男性が美しい女性を前にして、見ないほうが侮辱というものではないか？　チーロは視線を彼女の見事な髪に移した。熟したとうもろこし色の髪はやたらとたくさんの髪留めで頭のてっぺんにまとめられている。肌はほんのりと上気し、首は、豊かな髪の重さを支えられるのだろうかと思うほどほっそりしている。この娘は、自分がどんなに完璧な家庭的雰囲気を醸し出しているか気づいているのか？　それにしても、その雰囲気を意外にもたまらなくセクシーだと感じる自分は、どうなっているのだろう。

「なかに招待してくれないのかな？」チーロはゆっくりと語尾を伸ばした。

人れてもらえるものと決めつけたような自惚《うぬぼ》れた口調に、リリーは我に返った。なぜわたしは操り人形みたいにぼうっと突っ立っているの？　確かに彼の目はすてきだけれど、まるで購入する車の品定めをするみたいに、わたしを見ているというのに。わたしみたいな女がそうさせるから、男性は自分たちが何をしても許されると思うんじゃないの？　まったくわたしったら、過去の経験で何も懲りていないのかしら？「しないわ。あなたが斧《おの》を持った殺人鬼でないとは言えないもの」

「殺人なんて夢にも思っていなかったよ」チーロは皮肉っぽく言った。

彼と目が合った瞬間、リリーの耳のなかで血流が逆巻く音がした。

「それに、きみも怖がっているように見えない」チーロがなめらかにつけ足した。

リリーは喉にこみ上げてきたかたまりをのみこんだ。それほど怯《おび》えているとは言えないのは確かだ。少なくとも普通の意味では。だが、彼には恐怖と同じくらい心臓の鼓動を速くさせる何かがある。手のひらがじっとりと湿っていた。気をつけないとパイをだめにしてしまうわ。「他人のキッチンに予告もなく入りこんできたら、まずは自己紹介するのが普通じゃないのかしら？」リリーはつんとして言った。

チーロはこみ上げる笑みをこらえた。ぼくが誰か知らなくても女性はたいがい気圧《けお》されたような様子を見せるものだが、この娘は違うようだ。物珍しさに駆られ、彼は会合か何かで正式に引き合わされたときのように頭を傾けた。「チーロ・ダンジェロと申します」

リリーは鈍く光る黒い瞳に見入った。「それはめったにないお名前ね」

「ぼく自身がめったにいない人間でね」

リリーはやっとのことで途方もない自惚れを聞き流した。おそらく本当にそうなのだろうと思ったからだが。「イタリア人なの？」

「正確にはナポリ人だ」怪訝《けげん》そうなリリーの目を見

て、チーロはゆったりと肩をすくめた。「違いが……あるんでね」

「どう違うの？」

「それを説明するにはものすごく時間がかかるな、かわいい人《ドルチェッツァ》」

意味はわからなかったが、彼の発するドルチェッツァという語の響きに、リリーの心臓の鼓動はさらに速くなった。ナポリ人がイタリア人とどう違うのか彼の説明を聞きたかったが、そんなことをしたらさらに危険な領域に入りこんでしまいそうだ。リリーは、昔ながらのガスレンジの隣にかかった時計にわざとらしく目をやった。「そんな時間はないわ、悪いけど」彼女はきっぱりと言った。「それにあなたのことはまだ少しもわかっていない。いったいなんのご用かしら、ミスター・ダンジェロ？　ここが私有地なのはご存じでしょう？」

チーロは満足して、相手にそれとわからないくらい小さくうなずいた。彼女の質問の内容は喜ばしい。つまり、買収のニュースはまだ公になっていないということだ。それはいいことだ。もともと世間に騒がれるのは好まないが、契約書のインクも乾かないうちに取り引きが外にもれるのは特にいやだった。ビジネスの世界では剛腕で知られた彼だが、ジンクスというものを気にしていた。

しかし同時に、そんな質問をする彼女はどういう立場の人間かという疑問もわいてくる。この家の売り主は中年の女性だった。チーロは眉間にしわを寄せて記憶をたどり、売り手の名前を思い出そうとした。スコット、そう、そんな名前だ。スージー・スコット。年齢に合わない服装に厚化粧、男性を見るときの飢えているとしか形容しようのない目つき。チーロは顔をしかめた。この家庭的な女神はあの女性の娘とも言えるほどの年齢だろうか？　チーロは彼女の正確な年齢を推測してみた。二十一？　二十二ぐらいか？　透き通るような柔らかな肌からは、年齢を推測するのは難しい。それにしても、彼女がこの家の娘ならば家が人手に渡るのを知っているはずではないのか。正確に言えば、ぼくの手にだが。

　女性はまだいぶかしげにチーロを見ている。チーロは輝くとうもろこし色のほつれ毛が彼女のなめらかな頬をくすぐっているのに気づいた。このまま黙って引き返し、正式に所有権が移ってからあらためて来るべきかもしれない。だが、急にチーロはどこにも行く気がなくなった。彼の日常とあまりにも異なる安らいだ世界に迷いこみ、もっと知りたくてならないような気持ちになっていた。そこに必ずあるはずの欠点を発見して、そういった世界に懐疑的な自分の認識を保ったまま去ることができるように。

　チーロはたくましい肩をすくめた。「人がいるとは思わなかったんだ」

「どの家にも人がいないだろうと思っていたということ？」これ以上パイを放置すると台なしになると気づき、リリーは生地をのし棒に巻きつけて、用意しておいたパイ皿の上にすばやくかぶせた。「あなたは何者なの？　高いところから忍びこむ怪盗のたぐい？」

「ぼくが怪盗に見える？」

　パイのまわりにひだを寄せていたリリーは顔を上げた。違うわね。普通の怪盗は正体がばれたらこれほど落ち着き払ってはいないだろう。怪盗に要求される敏捷《びんしょう》性はありそうだけれど。彼が体にぴったりした黒の衣装に全身を包んだ姿は、容易に想像できる。

「その格好はあまり怪盗稼業に適しているとは言えないわね。この家の壁によじ登ったら、高そうなスーツがすっかりだめになるわ」リリーは当てつけた。「それに、万が一本当にあなたがこの家の壁をよじ登ろうと考えているなら、時間を節約してあげる。

この家には、高価な宝石であろうが安物であろうが何もないのよ」

リリーはパイの皮の表面に乱暴に溶き卵を塗りはじめた。わたしったら、見ず知らずの人にいきなりこんなことを言うなんて、よほど精神的に参っているに違いないわ。最近弱気になることが多いのは確かだ。継母の身勝手な行動もその一因だった。もともと折り合いをつけるのが難しい女性ではあったけれど、スージーは最近家じゅうの貴重品を、ロンドンにある彼女の家に運び出している。もちろん、彼女にはそうする正当な権利がある。それはわかっている。亡くなった夫の財産をひとつ残らず相続したのだから、したいことはなんでもできるのだ。父が持っていたお金はすべて彼女のものになった。そしてこの美しい我が家、グレーンジ館までも。

その不条理と悲しさを思うと、今でもつらさに打ちのめされる。二度目の結婚から九カ月になるやならずの父親の急死によって、リリーは拠《よ》りどころを失い、茫然《ぼうぜん》自失の状態になった。悲しみに暮れ、懸命に弟をなぐさめる役割を果たすなかで、リリーは、もちろん父は遺書を書き替えるつもりでいたはずだと自分に言い聞かせた。どんな父親だって、二人の我が子がなんの経済的支えもなく残されるのを望むはずないでしょう？　だが、現実には父には遺言を書き替える間もなく、すべて年の離れた若い後妻のものになった。継母は未亡人となったことに不審なほど適応しているように見える。

愛する実の母からいつか譲ると約束されていた真珠のネックレスさえも、スージーの都会の住まいに持ち去られてしまった。きっともう二度と見ることはできないのだろう。リリーは沈む心で思った。継母が近頃価値のあるものを一切合財移動させているのは、そのためだろうか？　彼女が見ていないところでわたしが家にある芸術品や工芸品を質に入れてしまう、と疑っているから？　恐ろしいのは、実際そんな棚ぼた的な収入があれば、抱えている問題の一部は確かに解決されるということだ。そのお金があれば、当然受ける権利があってしかるべき経済的安定を弟に与えられる。

チーロは彼女の声の震えに気づき、なぜだろうといぶかった。だが、オーブンにパイを入れようと上体を倒した魅力的なヒップの曲線に視線を吸い寄せられ、気を取られた。むき出しの脚はシルクのような光沢を放ち、コットンのドレスが腿を撫《な》でている。

「いや、ぼくは怪盗じゃないし、きみの宝石を狙ってもいない」チーロは乱れた声で答えた。

振り返ったリリーは彼の黒い瞳が自分にそそがれていることに気づいた。いけないと思いながらも、これほどすてきな男性にあけすけな興味を持って見つめられるのは悪い気はしなかった。自分のような者でも男性の欲望の対象になれるという、めったに味わえない気分になるじゃない？　四六時中将来に対する言葉にできない不安と闘う、誰の目にも留まらないつまらない人間ではなく。

「それなら、何をしに来たの？」

「どうにも妙な具合なんだが、すっかり失念したようだ」チーロは優しく答えた。「思い出せないんだ」

二人は見つめ合った。肋骨《ろっこつ》に激しく打ちつける心臓の鼓動がなくても、リリーにはお互いに惹《ひ》かれ合っていることがよくわかった。誰かを誘惑しようとしたのはもうずいぶん前のことだ。リリーは危険を感じた。彼のパワフルな体からかげろうのように燃え立つ官能的な魅力に、たくさんの記憶がよみがえったからだ。いいものではない記憶が。不信と傷心と涙に濡《ぬ》れた枕の記憶。

「思い出すように努力することね。わたしの忍耐が限界に達する前に」

チーロは彼女になんと言えばいいか思案した。自分が間もなくこの家の所有者になることを告げるのは、ぼくの役目ではない。だが、彼女がここに雇われているのだとしたら……買収がすんだら彼女を雇いつづけることは、あながち考えられないことではない。「購入できる物件を探していてね」

リリーは面くらってチーロの顔をまじまじと見た。「でも、この家は売りに出されていないわよ」

チーロは思わずよぎった後ろめたさを抑えこんだ。「そのようだな」それは本当だった。「でも、漠然とある地域を物色していると、たいがい時間に追われていないときのほうがいい物件が目につくものだろう？　急に現れた横道に惹かれて導かれるように迷いこむ。いかんせん、仲介業者が土地の広さだとかを詳しく説明しはじめると、とたんにただの不動産物件になるが」

「つまりあなたは、美的感覚に訴えるものがあるかもしれないから、空き家と思われる建物の周囲をうろついていると言っているの？　道理で何かよからぬことをたくらんでいるような気がしたわけだわ」

だが、チーロはリリーの皮肉が耳に入らなかった。彼は彼女の髪のピンを全部取ってそれが肩の上に乱れ落ちる様子を見たいと思っていた。肉づきのよいヒップを両手で押さえ、細い首筋にキスをしたい。

すぐにここを立ち去り、この古い屋敷の鍵を手にするまで来ないほうがいい。彼は自分に言い聞かせたが、キッチンの飾らない家庭的な雰囲気とそこにいる女性の昔風の体つきが彼にノスタルジックな思いをいだかせ、さらに強い欲望を感じた。ふいに彼女の一糸まとわぬ姿が目に浮かんだ。美しい曲線を描く豊満な体が。彼女とパーティで出会っていたら、今ごろはその空想を現実に変えようとしていたところだろう。だが、今までキッチンで女性と出会ったことはなかった。

「この匂いは何かな？」

「料理の匂いのこと？」

「まあ、きみの香水の匂いを楽しめるほど接近させてもらえてはいないからね」

リリーはごくりと喉を鳴らした。緊張と興奮で肌がぴりぴりしていた。「何種類かの匂いが混じり合っているわ」彼女はどぎまぎして言った。「レンジの上で煮立っているのはスープよ」

「手作りのスープということ？」

「紙パックや缶詰のスープでないことは確かよ」リリーは慌てて言った。「ほうれん草とレンズ豆に少量のコリアンダーとスパイスを加えたものなの。生クリームを少したらして、焼きたての厚切りパンと一緒に食べると最高ね」

まさに味覚のオーガズムだな。まったく関係のない想像に、チーロは下半身が痛いほど張りつめた。

「それはおいしそうだ」口調が乱れている。

「よくおいしいとは言われるわ。そしてこれは」リリーが指差したのは、棚の上で冷ましている表面がべとべとした感じのものだった。「レモン風味のアイシングをしたドリズル・ケーキよ」

「すごいな」チーロは低い声で感嘆した。

リリーは相手の顔に皮肉な表情を探したがそんな様子はなく、それどころかどこか期待しているような顔つきを見て、つい警戒心を忘れてしまった。

「よかったら……味見してもいいわ。オーブンから出したての温かいのがおいしいのよ。座って。切り分けてあげる。なんといってもはるばるナポリからいらしたのなら、多少は英国式のおもてなしというものをお見せしなくちゃね」

ふたたび騒ぎだした良心の声をチーロは黙殺した。彼は頑丈そうな木製の椅子に腰を下ろし、キッチンを動きまわる女性を眺めた。「まだ名前を教えてもらっていなかったね」

「きかれなかったもの」

「今きいている」

「リリーよ」

チーロは彼女の顔に視線を走らせ、柔らかな唇の曲線の上で留めた。「かわいい名前だ」

リリーはあわてて背を向け、冷蔵庫からミルクの入ったボトルを取り出した。口先だけのお世辞に赤面している自分がいやになる。「それはどうもありがとう」

「もうひとつ名前があると推察するが、それは国家機密なのかな？」

「おかしな冗談ね」リリーはいたずらっぽく輝くチーロの瞳を見すえた。「スコットよ」

「スコット？」

「〝偉大なる〟と一緒に使われるスコット」リリーは補足した。「探検家の〝偉大なるスコット〟よ、知っているでしょう」

「ああ、知っている」チーロはすばやく頭を働かせていた。間違いなくこの娘は売り主の縁者だ。それなのに、家が売却されたことを知らないとはどういうことだ？　それどころか売りに出されていたことさえ知らなかったようだ。チーロは顔をしかめた。こうなっては今さら本当のことは言えない。

しかし、本当にそうなのか？　相手が中年の女性か男性、あるいは明らかに使用人であれば、自分がこの大きな家の新しい所有者だとためらわずに告げていただろう。まぶしいほどの彼女の魅力が事実を告げることを躊躇《ちゅうちょ》させるのだ。だがそもそも、そうするのはぼくの役目ではないはずだ。

チーロはもはや食べる気持ちが失《う》せていたものの、おいしそうなケーキを受けとり、リリーが紅茶をいれるのを待って、またその話題を切りだした。「ところで、きみはこの家の住人なのかな？」

うっすらと髭で覆われた整った顎の線をうっとりと見つめるのに忙しかったリリーは、考えもせずに答えた。

「ここに住んでいるに決まっているでしょう！　ほかのどこに……」そのとき相手の目に浮かんでいるものに気づき、リリーは声音を変えて、口に持っていきかけていたカップを下に置いた。「そういうこと」彼女はゆっくりと言った。「わたしがここで働いていると思ったのね？　使用人だって。料理人だとでも？　それとも家政婦かしら」

「そんなことは――」

「無理に否定しなくてもけっこうよ。謝る必要もないわ」チーロの顔にばつの悪そうな表情がよぎるのを見て、リリーはむしょうに自分に腹が立った。ああ、またやってしまったわ。ばかげた夢の世界をさまよって、彼がわたしに気があると思いこむなんて。この人はわたしのことをずっと使用人だと思っていたというのに！　上出来よ、リリー。わたしの男性に対するレーダーときたら、相変わらずちっとも役に立たない。リリーは首を振った。「だってほら、もちろんわたしのような者がこんなお屋敷に住んでいるはずないもの。とてもじゃないけど立派すぎるし、高級すぎるわよね」

チーロは顔をしかめた。「そんなことは言ってない」

言う必要もなかったわ。それに、どのみち基本的に正しいことをなぜ否定しなければならないの？　わたしは生計を立てるためにケーキを焼いているんだし、着るものを節約しているのも事実だ。そうしないと食べていけないから。寄宿学校にいる弟のジョニーへの仕送りのために、乏しい収入をできるだけ蓄えているんだもの。弟が実は貧しい奨学生だということが学校で目立たないように。

でも、チーロ・ダンジェロの勘違いはわたしにはいい薬かもしれない。何もかも昔と同じではないとはっきり認識する潮時だったのかも。まわりが前に進んでいることを受け入れ、自分もそれに応じて進んでいかなければならない。わたしはもはや愛情いっぱいに育てられたこの家の娘ではない。両親とも死んでしまったのだから。それだけのことだ。継母はよく童話に登場する悪役の典型というわけでもない。わたしのことはなんとか受け入れていた。愛していなかっただけだ。父親が死んでから、リリーは日を追うごとに、自分がただの厄介なお荷物になっていることを感じていた。

リリーは懸命に言葉を絞り出した。もはや自分にはこの家に対する法的な権利がないにしても、プライドは失いたくなかった。「ここは継母の家よ。今留守にしているけれど、すぐに戻ってくるわ。いつ帰ってきてもおかしくない。だから出ていったほうがいいと思うわ」

チーロは立ち上がった。熱い怒りがこみ上げはじめていた。なぜ彼女の継母は家が売られたことを言わなかったんだ？　契約書はすでに交わされたし、取り引きは数日のうちに完了する。来週末までにはこの屋敷はチーロのものになり、彼は手入れもそこそこな古い民家を最高級の洗練されたホテルに改装する工事を始める。チーロは眉間にしわを寄せた。そうなったら、このとうもろこし色の髪の美しい女性はどうなる？

チーロは最後にもう一度、彼女に自分をにらみつけるのをやめさせようと試みた。なんとかしてその魅力的な唇からほほ笑みを引き出すか、明るいブルーの瞳をほんの少しでもなごませたい。チーロはおげさに肩をすくめてみせた。通常、それで女性は抵抗力をなくすはずだった。特に、そのあとにちょっと悲しげな表情を見せれば。「でも、ぼくはまだケーキを食べてないよ」

リリーは魅惑的な瞳の輝きに必死に抵抗した。人を操ろうという魂胆が見え見えだ。なんて気どり屋なのかしら。その魅力にあやうく取りこまれてしまうところだったわ！「あら、食べる機会はまたあるわ。村のティールームでこれとまったく同じようなものを売っているの。いつでもそこで買えるわよ」リリーはきっぱりと言った。「申し訳ないけど、そろそろ出ていっていただけるかしら。オーブンのなかのパイの具合を見なくてはいけないし、日がな一日おしゃべりはしていられないの。さようなら、ミスター・ダンジェロ」

リリーはドアを示した。取ってつけたようなよそよそしい笑みを浮かべ、彼女はチーロが出ていくとしっかりとドアを閉めた。気がついたときには、チーロはまた芳香豊かな庭に立っていた。

チーロは重厚な樫《かし》の扉のまわりを這《は》う忍冬《すいかずら》を不機嫌ににらみつけた。いまだかつて女性に追い出されたことなどない。花びらのような柔らかな唇に死ぬほど口づけしたくてたまらなくなったことも。それに、二度と会えなくてもどうでもいいという顔で彼を見た女性もいなかった。

全身に満ちる欲望がいろいろな感情の入りまじったものに変わり、チーロはごくりとつばをのんだ。それが何か分析したくもなかった。

ユージニアのことを思い出さなかったことに気づいたからだった。

一度も。

2

「わけがわからないわ」顔から血の気が引くのを感じながら、リリーは必死に継母を見つめた。彼女が振り返って今のは全部たちの悪い冗談だったと言うのを待つかのように。

「何がわからないの？」スージー・スコットは客間の大きな鉛枠窓のそばに立っていた。その表情に継娘の激しい動揺への反応は見られない。「簡単なことじゃないの。この家は売られたのよ」

リリーは息をのみ、拒絶するように首を振った。

「あなたにそんなことできないでしょう！」小声でもらした。

「できないですって？」完璧に整えられた黒い両眉が、左右対称をなして大きくカーブを描いた。「あいにくだけど、できるの。もうしたのよ。既成事実なの。署名した契約書を取り交わして正式に売却が成立しているわ。悪いわね、リリー。仕方なかったのよ」

「でも、どうしてなの？　この家はずっとうちの一族が――」

「ええ、知ってるわ」スージーはうんざりとした様子でさえぎった。「何百年も所有してきた。お父さまからよくそう聞かされてきた。だからといって、この厳しい現実のなかではたいして役に立たないでしょう？　お父さまはわたしに年金のたぐいをひとつも残さなかったし」

「自分が死ぬなんて思っていなかったのよ！」

「わたしにはそのお金がどうしても必要なの」やはりうんざりした顔でスージーは続けた。「定収入がないんですもの。生活の糧は必要だわ」

リリーは震える唇を固く引き結び、怒りの言葉を浴びせないようにこらえた。仕事を見つけて働けば、と言い返したい。全身ブランドの服で固めるのをやめたら、と提案するくらい無駄なことだ。

「わたしのことは？　それより何より……ジョニーはどうなるの？」

スージーはひきつった笑みを浮かべた。「ロンドンのわたしの家にたまにあなたが来るのは歓迎するわよ。そんなこと、わかっているでしょう。でも、あそこがどんなに手狭かも知ってるわね」

ええ、知っているわ。でも、わたしが案じているのは自分ではなく弟のことだ。かわいそうに、弟はたった十六年の人生ですでに多くのつらい経験をしている。「ジョニーがロンドンのあの家に住むのは無理だわ」リリーは、継母が都会の家に収集しているおそろしく壊れやすい骨董《こっとう》品のなかを、ひょろりとした十代の少年がうろつくさまを思い浮かべた。

スージーは美しい金のチェーンで首から下がるダイヤモンドのペンダントに手をやった。「あの子用の部屋はないし、わたしのおしゃれな家にあのおそろしく大きい靴を脱ぎ散らかす場所がないのは確かね。だからね、あなたがここに住みつづけられるように手配しておいたのよ」

リリーは目をぱちくりさせた。希望の光が一瞬不安を静めた。「ここに？　この家に？」

「まさか、この家ではないわ」スージーはあわてて言った。「新しい持ち主が許すはずないでしょう！でもね、フィオナ・ウエストンと話して――」

「あなたがわたしの雇い主と？」リリーはわけがわからなかった。フィオナは〈クランペッツ〉のオーナーじゃないの！　リリーは学校を卒業後そのティールームでケーキを作り、ウエイトレスをしていた。フィオナは貫録のある中年女性で、リリーの知るかぎり、継母と彼女が意味のある二語以上の言葉を交わすのを聞いたのは〝メリー・クリスマス〟ぐらいなものだ。「いったい何を話したというの？」

スージーは肩をすくめた。「事情を説明したのよ。家を手放さざるをえなくなって、その結果あなたの住むところに問題が生じたって」

「そういう言い方もあるのかもしれないわね」リリーは口調に苦々しさがにじむのをこらえた。

「そうしたらね、あなたとジョニーに店の二階のアパートメントを使ってもらっていいというのよ。そうしたら職場までも近くなるでしょう。アパートメントは何年も空き家のままだったし、まるであなたが来るのを待っていたようじゃないの！　どう、これで解決じゃない？」

リリーは継母を唖然《あぜん》として見つめた。こんなひどいシナリオを考え出しておいて、それがいいアイデアだと言うなんて信じられない。確かに二階は何年も空き家だった。だが、それには相応の理由がある。誰も田舎のパブの隣の部屋になんて住みたくないからだ。特に、改装して終日営業の許可を取ったパブの横になんて。先だっての英国王室のロイヤル・ウエディングは、〝共同体意識〟を高揚させた。どのつまり、地元の住民が二十四時間パブに出入りすることになり、ひっきりなしの騒音は深夜まで続いている。

仕事のあとに、ぼろぼろの階段を上がって二間のアパートメントに帰ることより悲惨なことは思いつかない。でも、ほかにどんな選択肢があるだろう？　家を飛び出し、どこかでひとり暮らしをできる立場にはない。ジョニーのことを考えなければならないのだ。ジョニーが帰ることのできる温かい場所を確保する責任がある。弟は安定した暮らしを切望し、我が家を必要としている。

「ねえ、どう思う？」スージーがうながした。

人生にはこれほどひどい仕打ちが起こりうるという例のひとつだと思うわ。だが、何を言おうと聞く耳を持たない人間に言ってどうなるだろう？　「あとでフィオナに相談に行くわ」

「それがいいわ」

突然爆弾のように落とされた事実にまだくらくらする頭で、リリーはふと思った。これから先、スージーと会うことはどれくらいあるのかしら。継母は完全に縁を切ろうとするつもりだろうか。状況を考えれば、それがいちばんいいのでは？　継母との希薄な関係をつなぎとめていたのは父だった。その父が亡くなった今……。「どうして言ってくれなかったの？」唐突にリリーは尋ねた。

スージーはマニキュアを施した指先でそわそわとダイヤモンドのペンダントをいじった。「何を？」

「家を売ると決めたことよ。前もってわかっていれば、気持ちの準備ができたかもしれないわ。いきなりつきつけられなければ、なんとか別の身の振り方を自分で考えられていたかもしれない。なぜこんなに急に言いだすの？」

ばつの悪そうな顔でスージーは肩をくねらせた。

「わたしのせいじゃないのよ。買い取りの条件のひとつとして、買い手が誰か秘密にしなければならなかったの」

「ずいぶんおかしな条件だこと。でも、今なら買い手を教えてくれるのね？」

「さあ、それはどうかしら」スージーの親指が、光るダイヤモンドの表面をせわしなく動く。「わたしは何も口外できないの」

「もう、いいかげんにして」神経が擦り切れ、めったにない激しい憤りにリリーの声が震えた。「そんな理由がどこにあると……」彼女は言葉をとぎらせた。パワフルなエンジン音を轟《とどろ》かせて近づく車の音が聞こえる。スージーがしきりにつばをのみはじめていた。「あれは？」

「いらしたわ」継母がつぶやいた。

「誰が？」

「この家の新しい持ち主よ」

　車が停《と》まり、乱暴にドアを閉める音が聞こえる。私道にこつこつと重い足音が響いた。玄関のベルが広い屋敷に鳴り渡ると、リリーはひどく悪い予感がした。その不安は継母が濃い赤毛に手をやっているのを見てますます強くなった。魅力的な男性が現れるのを知っている女性が無意識にする動作だ。

「お迎えしないの、スージー？」奇跡的に声はしっかりしていたが、心臓は早鐘のように打ち、リリーは自分が卒倒しないのが不思議なくらいだった。

「ええ、ええ。行きますとも」

　スージーはかたかたとハイヒールの音をたてて廊下に出ていった。リリーは玄関のドアが開き、低い声と高い声を聞きながら、気が遠くなりかけた。声のひとつには深い響きとアクセントがある。思いきり叫び声をあげたい気分だ。目も手で覆ってしまいたい。すでに見なくてすむはずもなさそうなチーロ・ダンジェロの姿を、視界に入れるのを避けられるように。継母はボディガードのように彼のあとをぴったりとついてくる。

　リリーが感じたいのは怒りだった。白熱した混じりけのない激しい怒りの感情だけを感じたかった。だが、情けないことに体はそうではないらしい。先日の出会いでチーロが目覚めさせたものがふたたび眠ることはなかったようだ。リリーは全身のうずきを感じた。彼の黒い瞳の凝視の下であらゆる神経の先端がむき出しになり、さらされている気がする。胸への鋭い刺激とおなかの奥深くに満ちてくる熱い感覚は、さらに危険だった。

「やあ、リリー」チーロは静かに言葉をかけた。

　それを聞いたスージーが彼の背後からしゃしゃり

出て、当惑したような顔で二人を交互に見た。「ということは、あなたはもうわたしの義理の……その……リリーと会ったことが？」

「ええ、会ったわ」リリーは無理やり口を開いた。褐色の肌のセクシーなナポリ人に奪われた自制心を取り戻すために。彼に我が家を買われ、継母になんの代償にもならないティールームの上の薄汚れたアパートメントに住めばいいと宣言されても、チーロ・ダンジェロにこの身もだえするような苦しみを悟らせはしない。それに、苦しいのは将来の不安だけが原因じゃないでしょう？　彼に欲望を感じるからじゃないの？　まったく、こと男性に関するわたしの判断力の欠如をまた証明するようなものだわ。

リリーは唇を引き結んで震えを止め、なんとか気持ちを落ち着けてから口を開いた。「ミスター・ダンジェロは、先日うちの敷地内をうろついていたの。そのうえ、わたしにこっそり近づいてひどくびっくりさせられたわ。それなのに侵入者を警察に通報するという常識的な対処もせずに、愚かなわたしときたら、なかに入れてくだらない作り話を拝聴したのよ。美しい横道に惹《ひ》かれて導かれるままに迷いこんだとかなんとか――」

「ぼくの言葉を正確に覚えていてくれて光栄だな」チーロは穏やかに言った。

「光栄だなんて思わないでちょうだい、ミスター・ダンジェロ。褒めたつもりはないわ」確かにあのときはその詩的な表現にうっとりしたけれど。わたしったら、なんてだまされやすいのかしら。「あなたはこそこそうろつきまわって――」

「怪盗のように？」チーロが甘い口調で言葉を挟んだ。

リリーは手のひらに爪を食いこませて、相手の瞳を見すえた。彼の言葉に二人が過ごしたつかの間の親密な時間がよみがえった。リリーは全身に黒い衣装をまとったチーロの姿を想像し、すかさず彼も思わせぶりな行動を返した。魅力的な男性と二人きりでいる興奮に頭がぼうっとして、体は太陽の熱をいっぱいに浴びる花になった気がした。「こそ泥みたいによ」

「リリー！」ボクシングのレフリーさながらにスージーが割って入った。「ミスター・ダンジェロにそんな失礼な態度をとるなんてとんでもないことよ。グレーンジ館の売買にあたっては、桁はずれに高額の買い取り価格を示してくださったのよ……とてもわたしにはお断りできないような」

「どんな態度をとろうとわたしの勝手でしょう！　この人とこそこそ秘密の取り引きをしたのはわたしじゃないもの！」

「こんなことになって本当に申し訳ないわ」スージーは光る唇でこわばった笑みを作ってチーロに向けた。「残念ながら、歳《とし》が近いせいかこの娘《こ》のしつけは難しくて。主人が生きていたころでさえそうでしたの」

「と、歳が近いですって？」リリーは憤然として口走った。

　血の気を失ったリリーの顔を見て、チーロは保護意識と憤りが入りまじった気持ちがこみ上げ、スージーに向き直った。「ミセス・スコット、何か飲み物をいただけないかな？　ニューヨークから飛行機で着いてそのまま来たので——」

「もちろん。さぞお疲れでしょう。わたしもいつも時差には苦しみますわ！」スージーは勢いこんで話した。「コーヒーはいかが？」

「それでかまいません」チーロは冷ややかに答えた。

　リリーは自分に目を向けたスージーを見て、持ってくるように言われるのだろうと思った。継母が友人を招いたときはたいがいそうなる。だが、リリーの顔つきに考えを変えさせるものを感じたに違いない。継母は笑顔のまま尋ねた。「あなたは？」

「わたしはけっこうよ。本物の飲み物が必要だわ」

リリーはアルコールの入ったキャビネットのところに行って乱暴に戸を開けた。何かで気を紛らわせていないとカーペットに倒れこみそうだった。焼けつくようなチーロの視線を感じながら、小さな金魚鉢ぐらいもあるクリスタルのブランデーグラスを取り出し、目についたいちばん高価なブランデーを大胆についだ。それを口いっぱいに含むと涙が出そうになり、熱い酒が喉を焼いて、むせそうになった。なんとか飲み下し、その後味を消そうとすぐにもうひと口あおった。

「無茶するな」チーロがいさめた。

　彼のほうに向き直ると、ずっと抑えこんでいた恐怖と不安が苦々しい言葉の奔流となってほとばしり出た。「わたしに〝無茶するな〟なんて言わないで」まぶたの裏を刺す熱い涙を見せるくらいなら、反抗と怒りを向けたほうがまだましだ。「よくもわたしのキッチンに座って――失礼、あなたのキッチンだったわね。あんな、いかにもスープが飲みたいみたいなことが言えたものだわ。そんなことを言いながら、陰では……」震える息を吸うと、ブランデーの強い香気に鼻のなかが焼けそうだった。「陰でわたしを笑っていたんでしょう。自分がこの家の主《あるじ》になったというのに、わたしがなんにも知らないから」

「きみを笑ってなんかいない」チーロは歯をきしらせた。

「そう？　それならなぜ正々堂々と自分が新しい所有者だと言わなかったの？」

「言おうとは思ったさ」チーロは言葉を切った。体がこわばっているのがわかる。あれからリリーのことを考えるたびに経験してきた体のこわばりだった。

「だが、それは本来ぼくの役目じゃない」

「なぜ？」リリーは相手の目を見すえた。今や胃の内部を熱く焼いているブランデーの勢いで、普通は押し殺しているはずの非難をぶつけていた。「わたしの気を引くのに忙しかったから？」

　チーロは肩をすくめて認めた。「そういう側面もある」

「それで？　正直に事実を言う前にどこまで押せるか試してみようと思ったの？」

「リリー！」彼女の怒りの激しさに驚き、チーロは抗議した。それにしても、彼女の反応はなんて欲望をそそるんだ？　女性からのどんな形の抵抗にも慣れていない男にとっては、なおさら欲望をかき立てられるのでは？「家に誰かいるとは思わなかった。それは本当だ。そこできみに出くわして、その……」

　申し開きをするのは気が進まず、チーロは言葉を濁した。自分の気持ちを女性に認めさせるのは性に合わなかった。それがいつでも必ずぼくに向けられる不満ではなかったか？　ユージニアはいつもその不満を口にしていた。特に最初のころ――彼女が彼女の考えるチーロの理想の女性になる努力をしていたころには。

　だが、チーロはこのリリー・スコットに惹かれるほど誰かに魅力を感じた記憶がなかった。彼女は、ほかの女性には決してなかったあらゆる古風な美徳を体現している。出会って以来ずっと、彼女のブルーの瞳の美しい顔と悩ましい体つきが頭を離れなかったではないか？

「それでどうしたの？」リリーが先をうながした。「まともな弁解を思いつかないんでしょう？」

　チーロはいらだたしげにかぶりを振った。「きみに伝えるべき人間がいるとしたら、それはきみのお継母《かあ》さんだ」

　それがきっかけのように、スージーがコーヒーとリリーお手製のジンジャー・ビスケットをのせたトレーを持って入ってきた。どうやらチーロの最後の言葉が聞こえたようだ。スージーはトレーを置くと恨みがましいといった顔で彼を見た。「それはあんまりだわ、チーロ。買収の条件で、あなたの身元を明かさないことになっていたんですもの」

「ぼくの身元については、そのとおり」チーロはスージーのなれなれしさにいらだっていた。ファーストネームで呼ぶことを許可した覚えはない。あるいはみっともないまつげをぱちぱちさせて自分を見ることも。「だが、売却の事実を秘密にするようには言っていない。リリーが傷ついて怒るのも無理はない。数週間で住む場所がなくなると今ごろ言われたのだとしたら」

スージーはすねてみせた。「あら、冗談はよしてくださいな！　チャールズ・ディケンズの小説でもあるまいし！　この娘はそんな宿なし子とは違いますのよ。わたしのロンドンの家に住むように申し出たのに、それを蹴ったんですわ」

いいかげんにして。リリーは軽い吐き気を覚えながら、半分飲み干したブランデーのグラスをテーブルに置いた。「わたしはあちらからこちらへ好き勝手に動かせる品物じゃないのよ！」

「きみが家から放り出されるというのは気分が悪い」リリーがひどくもろそうに見えることを意識しながら、チーロはぶっきらぼうに言った。「ぼくにできることがあったらなんでもするよ」

リリーは彼の目を見た。探るような黒い瞳に反応してうずく体が情けなかった。「そうね、あなたの助けはほしくないし、必要でもないわ、ミスター・ダンジェロ」いっきに飲んだブランデーのせいで頭がぐらぐらしていたが、彼女は精いっぱいの威厳をこめて応じた。ぐらりと傾きそうになる体をやっとのことで押しとどめたが、チーロはすぐに反応していた。

彼は足を踏み出し、反射的に手を伸ばしてリリーの手首をつかんだ。リリーは一瞬まわりの世界が消えた気がした。チーロが触れた肌がかがり火のようにぱっと燃え上がり、彼の存在しか考えられなかった。目の前の彼のことしか。チーロの底なしに深い黒い瞳に見入り、彼にキスされることを想像して、リリーは口のなかがからからになった。たくましい強靱《きょうじん》な体に守るように引き寄せられることを想像して、胸が張りつめてくるのに気づき、彼女はぎょっとした。「わたしに……さわらないで」かすれた声でリリーは抗議した。脈の速さと、その原因に気づかれたらどうしよう。「放してちょうだい」

しぶしぶ彼女の手を放したチーロは、きつく眉根を寄せた。「どこに行くんだ？」

リリーは彼をにらみつけた。「あなたの知ったことではないけれど、仕事に行くのよ」

「仕事なんかできない――」

「できないですって？　おあいにくさま、できるわ！　自分がしたいことはなんでもできるのよ」リリーはきっぱりと彼の言葉をさえぎった。「契約は三日後に完了するのでしょう？　そのときまでにここにある自分のものは運び出しておくわ。さようなら、ミスター・ダンジェロ。今度は本当にお別れね」

部屋を出る自分の背中に突き刺さる彼の熱い視線を感じながら、リリーは物心つくころから自分のものだった寝室になんとかたどり着いた。そのときになって初めて、もうすぐ失う、なじみのある品々に心地よく囲まれて、ようやく彼女は熱い涙がこぼれるにまかせた。

3

「どうかしら、リリー？　ちょっと狭いのは確かね」

フィオナ・ウエストンの温かな声が、アパートメントの埃《ほこり》をかぶった窓の下の通りを眺めていたリリーの物思いを破った。活気に満ちた大都会とは言えないが、彼女が慣れ親しんだ平穏な静けさと比べると、村は驚くほど騒音にあふれていた。パブ〈ケンブリッジ公爵夫人〉の外には数人の男性がたむろし、一様にビールを片手にたばこをふかしている。猛スピードで走り過ぎるスクーターの、耳をつんざくような爆音にリリーは顔をしかめた。

まあ、とにかく慣れるしかないわね。もう窓の外に馥郁《ふくいく》とした薔薇《ばら》の香りが漂うこともなく、遠くの森やなだらかにうねる草原を眺めることもない。代わりに、人々や車の出す音と共存するすべを学ばなければならない。村営の駐車場が店のつい目と鼻の先にあった。

「あの……すてきよ、フィオナ」できるだけ本当に聞こえるように努めたが、簡単ではなかった。がぶ飲みしたブランデーのせいで頭ががんがんするし、チーロ・ダンジェロの褐色の顔が頭を離れない。彼に手首をつかまれたときの自分の反応も。

彼が家を買ったことで劇的に運命を変えられただけでもつらいのに、その彼への自分の反応が事態をさらに悪くしている。チーロといると自分が無力になったような気になるし、いらいらもさせられる。それに、彼に触れられたときの強烈な快感を嫌悪する自分がいる一方で、もうひとりの自分はその性的な欲望を楽しんではいなかっただろうか？　リリーは無理に笑みを作って繰り返した。「本当にすてきだわ」

「まあ、本当にあなたがそれでいいなら」フィオナは疑わしそうな顔つきで言った。「好きなときにいつでも引っ越してきていいのよ」

リリーは祖父がかつて車の後ろに乗せていた忠実な犬のようにうなずき、人生に対する祖父の前向きな姿勢を思い出した。わたしもあんなふうになるべきじゃない？　自分の幸運を数えはじめるとか？

「待ち遠しいわ！　こぢんまりしてとてもかわいいアパートメントだし――ちょっとペンキを塗って鉢植でも置けば見違えるかもよ」

「お化粧直しすれば少しはましかもね。だけど、あなたの弟が学校から帰ったときに寝る場所があるかしら？」

リリーも同じことを考えていた。「あら、あの子はとても順応力があるもの」リリーは十六歳の男の子はいったい成長が止まることがあるのだろうかと思いながら答えた。「ちょっと奮発して新しくすてきなソファベッドを買うことにするわ」

「それがいいわ」フィオナはにっこりした。「とにかく、家賃はできるだけ安くしときますからね」

フィオナが言った金額は破格の安さだった。「とてもそんな金額でお借りすることはできないわ」リリーは弱々しく抗議した。

「何言ってるの、いいのよ」彼女の雇い主は珍しくきつい調子でたしなめた。「あなたは一生懸命働いてくれているわ。それに常連さんはあなたのケーキが目当てでやってくるんだから」

リリーは思わず心優しい女性に抱きついた。フィオナは村のティールームを開いて以来ずっと、リリーの勤務時間に融通をきかせてくれた。母親の病気と父親の早すぎる再婚という暗黒の日々に、比較的楽な仕事場はリリーにとって避難場所となった。お客にお茶やケーキを出すという単純な作業は、ある意味ほっとする時間だったのかもしれない。その決まりきった日常の仕事が、地区の巡回看護師が毎日母親に痛み止めの注射をしに来るという過酷な現実のつらさを麻痺《まひ》させてくれていたのではないかしら？

最初は土曜日と学校が休みのときだけの仕事だったが、十八歳でフルタイム勤務を始めてから、リリーは後ろを振り返らなかった。当初はウエイトレスだったが、フィオナが彼女のケーキ作りの才能を発見し、担当してほしいと頼んだ。それ以来ずっとケーキを作っている。学歴もなく弟のために地元にとどまらなければならない若い娘にとっては、願ってもない仕事だった。

リリーはほほ笑んだ。「さて、住む場所も決まったことだし、さっさと仕事を始めるわ。さもないと不満たらたらのお客さんだらけになるもの。そんなことは許せないでしょう」

「そのとおり！」フィオナが笑い、二人は階段を下りていった。

目下のところ唯一の明るい光に思える決断をしたことに満足し、リリーはピンクのユニフォームに着替え、地味な靴に足を入れた。だが、鏡の前で髪を直しながら、自分の熱っぽく光る瞳と青白い頬に浮かぶ二つの赤みに気づいて、彼女は愕然《がくぜん》とした。

なんだか顔つきが違う。

どこか不安定だ。

そして、少し興奮しているように見える。

顔つきの変化の原因は激変した環境のショックだけではなかった。性的欲望がふたたび目覚めたこともその一因だ。リリーはそれが誰のせいか、よくわかっていた。

午後の仕事は忙しかったが、昔からの女友達のダニエルと同じシフトになっていた。店は有名な聖人の誕生の地だと言われている教会に近く、普段から客の流れがとぎれることはなかったが、今日のように晴れて気持ちのいい日は大盛況だった。新しい味のアイスクリームは好評だったし、レモン・ドリズル・ケーキも売り切れ、フィオナは現金取り引きの安売り店でいちごジャムを仕入れるために車で出かけた。リリーには忙しさがありがたかった。我が家が売られてしまって、いったいこれから自分の人生はどこに向かっていくのか、自分の将来はどうなるのか、考えずにすんだ。

閉店時間の少し前に最後の客が店を出て、ダニエルが洗いものをしに奥に入ったとき、ちりんちりんというベルの音が新しい客の到来を告げた。こらえたため息を笑顔に変え、台の上のケーキを並べ直していたリリーが顔を上げると、チーロ・ダンジェロの黒い瞳とまともに目がぶつかった。

彼女の笑顔は唇の上で凍りつき、ぞくぞくする震えが肌を走った。まだ彼に腹を立てていることはまったく関係ないらしい。チーロには同じ部屋にいるだけで強力な反応を引き出す能力があるようだ。あんな目で見られると、体が反応して肌がぴりぴりする。

「十分で閉店になりますが」

「待つよ」

リリーは眉を上げた。「待つって何を？」

「きみの仕事が終わるのを」

「失礼ですが、わたしをどなたかほかの方と勘違いされていませんか？」

「きみはそうそうほかの誰かと勘違いできる女性ではないと思うな」リリーの胸の豊かな曲線の上にとどまる称賛の視線を隠そうともせず、チーロは優しく言った。「きみみたいな女性に会ったのは、間違いなく初めてだ」

リリーは腹立たしげにかぶりを振った。また始まったわ。彼の唇から蜂蜜のように流れ出る意味もないお世辞。この人はお得意の台詞《せりふ》を日に何度使っているのかしら。そして、何人の女性がそれにだまされるの？　リリーは思わず声を落としていた。離れているダニエルに声が届くはずはないし、洗いものの音がうるさくてほかの音は聞こえないとは思うけれど。「さっき大喧嘩《おおげんか》したばかりじゃなかった？　わたしは二度と会いたくないってほのめかしたつもりだったけど？」

チーロは肩をすくめた。「かっとなるといろんなことを言うものだ」

「確かにそうね。でも、わたしが言ったことは全部本気よ」リリーは言い張った。

「とにかく、ぼくはここにいるし、店のドアの看板は営業中になっている」チーロは椅子を引き出してがっしりした体を下ろした。「つまり、残念ながら、きみはぼくを客として扱わなければならないということだ」

リリーは不安そうな目を入口に向けた。フィオナが帰ってくることを願いながら、同時に恐れてもいた。チーロがいなくなればいいと思いながら、目の保養になる彼の姿を見ていたくもあった。紙製のレースのナプキンや花のついた小枝模様のケーキ台にあふれた場所に彼がいると、小さなティールームがまったく非現実的なものに見える。まるで、巨人が模型の村にやってきたようだ。

「出ていってほしいのよ」リリーは息を乱して言った。

チーロはちゃかすように挑戦的な視線を向けた。「そんなはずはない」

なめらかなからかいの言葉とその下に潜む性的なメッセージが危険な影響を及ぼし、彼女は意に反して胸が張りつめてくるのを感じた。リリーは深く息を吸った。「力ずくであなたを追い出すことはできないわね」

チーロが黒い眉を上げる。「きみには少し難しい、というのは同感だ」

リリーは腕時計を見た。「閉店までちょうど七分よ。ご注文があるなら早くしたほうがいいわ」

「それは簡単だ。レモンケーキをもらえるかな。先週食べそこなったようなやつを」

「残念ながらレモンケーキは売り切れよ」

チーロはゆったりとほほ笑みかけた。「ほかにおすすめは？」

「そうね、ここのケーキはわたしが作っているから、全部おすすめよ」

チーロは半信半疑で目を細めた。「きみが作っているのか？」

「そうよ」リリーはさっと注文票を取り出した。「コーヒーかチョコレートしか残っていないわ。どちらにします？」

「消して」

「何を消すの？」

「ぼくの注文だ」

椅子から立ち上がろうとするチーロに、リリーはいまいましいことに失望に似た気持ちを覚え、心臓が飛び出しそうになった。「気が変わったの？」

「そう《シ》だ、オ・カンビアート・イデア、気が変わった」

急にイタリア語に替えられ、さらに自分に近づいてきたのを見て、リリーはまごついた。前にさわりたいと思ったうっすらした顎の髭《ひげ》がわかるほど近くに彼がいる。愚かなことにわたしはいまだにそれに触れたいと思っている。彼に触れたい。見た目と同じくらいさわり心地もいいのか確かめてみたい。

「どういうこと？」リリーは問いただした。

「きみの意見に賛成する。怒って怖い顔をしているきみに給仕されるのはごめんだ」

「わたしにかまわないでという遠まわしなお願いを受け入れていただいて、うれしいわ」

「受け入れていないよ」チーロは、相手がどんな反応を示すか正確にわかっている男性が持つ自信たっぷりの笑みを浮かべた。「きみがぼくとディナーに行くと言ってくれるまではね」

黒い瞳に食い入るように見つめられて、リリーは心臓がつぶれそうになった。猛烈なスピードで頬が熱くなっていく。この人はなんて……なんて自信満々なの。「頭がどうかしたんじゃないの?」

「多少どうかなっているかもしれないな、確かに」

思いがけずあっさりと認めた。「というのも、ずっときみのことを考えるのをやめられなかったからだ。キッチンに立つきみの姿が忘れられなかった。手を粉まみれにして、細いウエストにエプロンを巻いたきみは昔ながらの家庭的な女神に見えた。言っておくが、女性のことがぼくの頭から離れないなんて普通はないことだ」

「普通は逆なんでしょうね?」リリーは当てつけた。「女性のほうがひと目見た瞬間からあなたに夢中になってしまうんでしょう?」

「彼女たちを責められるかい?」悪びれもしない反応が、かすかな含み笑いとともに返ってきた。「だが、女性に対するぼくの魅力を話しに来たわけじゃない。今度の件について申し訳なく思っていることをわかってもらいたかったんだ」

「少なくとも、この世の中にも多少の正義は残っていたようね」

チーロは笑いを押し殺した。「グレーンジ館を買うことになっていると言わなかったのはぼくのミスだった。だが、ぼくも難しい立場にいたのはわかってくれるね」

彼を拒絶しようと固く決意したにもかかわらず、気がつくとリリーは躊躇《ちゅうちょ》していた。だって、彼の瞳には本物の後悔が見えるじゃない？　それに、確かに彼は屋敷に何が起こっているか逐一報告すべき立場にはないでしょう？　「スージーがもっと早く言ってくれていればよかったのよ」

「そのとおりだ」相手の態度が軟化したのを感じとり、チーロはにっこりした。「さて、もうぼくたちのあいだにもめ事はないんだから、ディナーをごちそうさせてくれないかな？」

リリーは深く息を吸いこんだ。たぶん彼には単刀直入に言ったほうがいいのだろう。チーロ・ダンジェロは明らかに遊びなれた男性だし、わたしは男性と気軽なセックスをするつもりはない。どれほど相手が金持ちで魅力的でも。「男性とはあまり外出しないのよ」

「それは信じがたいな」

「信じようが信じまいが、本当のことだわ」

「それならぼくの場合だけ例外にするべきだ」チーロがささやいた。

リリーはチーロの瞳に見入った。優しい彼の言葉はなまめかしく肌をかすめていく指先のようだ。ノーと言わなければ。もちろん言うべきよ。彼はわたしが考えたくないような行為をしたい気持ちにさせる。ずっと忘れていた行為を。忘れていたのは、あるいは婚約者に捨てられる前の自分なのかもしれない。チーロはわたしに絹のストッキングとほんの小さな布の端きれのような下着を着けたい気分にさせる。彼の指に全身をなぞられ、冷たい腿の上に体を広げてもらいたくなる。彼は、感じる能力があることも忘れていた感覚をよみがえらせる。快感や欲望や、混じりけのないむき出しの渇望を。彼の額に大きな赤い文字で〝危険〟とスタンプを押すべきだわ。

「どうかしら」

チーロはほほ笑んだ。彼女がためらう姿は愛らしかった。たまらなく。「頼むよ」

「ところでちょっと気になったんだけれど」リリーは慎重に言った。「あなたのように国際的に活躍し、明らかに成功していると思われる実業家が、なぜイギリスの片田舎の屋敷を買ったの？」

「知らないのか？」

「知っているはずがないでしょう？　何事もわたしに知らされるのは最後のようだもの」

一瞬の間があった。「あの屋敷はホテルに改装するつもりだ」

リリーは目を見開いた。ホテルですって？「グレーンジ館をホテルにするの？」恐怖に駆られて彼女は言った。

「美しく趣味のいいホテルだ」チーロは弁護した。「ぼくのホテルはすべてそうだ。信じないなら誰かにきいてみるがいい」

でも趣味というのは主観の問題でしょう？　リリーは色褪《いろあ》せた愛着のある寝室が四柱式のベッドを配した客室に変えられるのを想像した。葬儀場を連想させる洗練されたベージュのカーペットと、高級ホテルの装飾用の花のディスプレーが目に浮かぶ。

「それでわたしが安心するとでも？」

きみは安心を求めるような立場にはない。そう言ってやりたかったが、なんとかしてリリーを口説き落としたいチーロは、彼女の見当違いな言葉には目をつぶることにした。「それでぼくとディナーに行ってくれるというなら、いいだろう――安心してもらっていい。いいじゃないか、リリー。たったひと晩だけ。一回きりのディナーだ。何をそんなに怖がっているんだ？」

〝何もかも〟と答えたら彼はなんと言うだろう。この世の中全部が恐ろしく見えると言ったら。弟の将来も心配だし、あのちっぽけなアパートメントに弟と二人でどうやって暮らしていけばいいのかもわからない。

だが、不安な気持ちのあとに、リリーはふいに自分がまるで世捨て人のようになっていることに気づいた。最後に男性とディナーに出かける気分になったのはいつのことかしら。トムとの失恋で傷ついたのは確かだ。だが、塔の上に幽閉された中世の乙女のように引きこもっていたら、自分でその傷口をさらに深くしていることにならないだろうか？　最後に気まぐれに何か向こう見ずなことをしたのはいつのことだった？　チーロ・ダンジェロと夕食をともにしてどこが悪いの？　意気地なしだからベッドに誘われたら抵抗する自信がない、というのならともかく。

「遅くなるのは困るわ」リリーは釘《くぎ》を刺した。

勝利感が血管に広がる思いに、チーロはにっこりとした。「きみの電話番号は？」

「四〇七六四九よ」ダンジェロはそれを書きとめもせず、ポケットから名刺を取り出してリリーに渡した。

「電話するよ」

窓に人影が見えた。ジャムの瓶をいくつも抱えた中年の女性だった。反射的に立ち上がって女性のためにドアを押さえたチーロは、通り抜けるときに彼女が興味津々に彼を横目で見たことに気づいた。傾きかけた日のあふれる通りに出て、チーロは興奮に胸が躍っていた。さっきは一瞬リリーにディナーを断られると思った。不安という未知の感覚を味わった瞬間だった。

だが、本来こうであったはずのことではないのか？　因習からの解放によって、お笑いぐさと言えるほど、女性たちが安易に体を許すようになる前は。どういうわけか、男性のように欲望のおもむくままに振るまうことがいいことだと勘違いする前は。かつて男は、女性をベッドに誘いこむまでに努力をしなければならなかったのだ。チーロにとってこれは生まれて初めての経験だった。

最後にもう一度ティールームに目をやると、ピンクの色調に包まれたリリーの見事な曲線が見え、強力な欲望に襲われた。リリーは気づいているのだろうか？　下半身を引き裂くような渇望で、彼女がぼくを釘づけにしていることを。チーロは唇を一直線に引き結んだ。彼を知る人間ならすぐに気がつく独特の表情だった。自分のほしいものを確実に手に入れる前の表情だ。

どんなに抵抗しようとしても、リリー・スコットはもう間もなくぼくのベッドに入ることになる。

結局のところ、彼女もただの人間なのだ。

4

オーケーするなんて、なんてばかだったのかしら。何を考えていたのだろう。すぐに受話器を取って、チーロ・ダンジェロに気が変わったと断らなければ。ディナーの誘いを承諾したときにはあまりちゃんと考えていなかった、と。でも、それが通用するようなどんな言い訳を考えればいいのかしら？　土壇場で怖《お》じ気《け》づいて二の足を踏んでいるように聞こえない言い訳を。

〝ごめんなさい、チーロ。でも、あなたはわたしに二度と感じるまいと誓ったことすべてを感じさせるの。あなたを見ると痛いほどの欲望を感じる。わたしはそんなこと感じたくないの。もう二度と〟

だが、角を立てずに断れる時間はとうに過ぎていた。継母が部屋に来て、そもそもなぜチーロ・ダンジェロがリリーをデートに誘うのかという、答えようのない質問を怒り口調で浴びせてきたからだ。なんとか継母を追い出し、リリーは大急ぎでシャワーを浴びた。タオルを巻いて水滴をたらしながら出てきたとき、寄宿学校にいる弟からの電話が入った。ジョニーはリリー以上にグレーンジ館に愛着を持っていたが、会話のあいだじゅう彼は、自分は新しい部屋をきっと気に入るから心配いらないと姉をなだめつづけた。そうは言っても今度の住まいを実際に見たら、十六歳の弟はかなりのショックを受けるだろう。懸命に運命を受け入れようとする弟の心根に唇が震え、リリーは涙をこらえた。これまでの短い人生で弟はあまりにたくさんの試練に立ち向かってきた。そして今度はこれだ。

受話器を置いたときには八時近くになっていた。身支度をする時間はあまり残されていない。リリーは軽く口紅を塗り、濡《ぬ》れた髪を頭のてっぺんにアップスタイルにまとめ上げた。何を着るか少し迷ったが、結局どんなときでも気持ちが引き立つドレスに袖を通した。一九五〇年代の女性らしさを強調したデザインの型紙から自分で作ったものだ。彼女の豊かな体の曲線に似合う唯一のスタイルに思われた。体にぴったりした深い青のドレスは胸元がハート形に大きく開いているものの、丈はくるぶしまで届いているので、比較的落ち着いて慎み深く見える。今夜は特にそれが重要だった。チーロ・ダンジェロを勘違いさせるような印象は与えたくない。おそらく今までの女性たちがそうだったように、簡単に彼の腕のなかに落ちると思わせたくはない。

八時を過ぎてすぐにチーロの車の音が私道に聞こえ、リリーはハンドバッグを手に取った。玄関の前に番犬のように立つ継母は、炎のような怒りを発していた。

「彼がどんな男性かわかっているの?」スージーが迫ってくる。

「あなたが教えてくれるんでしょうね」リリーはそっけなく応じた。

「数々の洗練された美女を征服してきたことで世界的に有名な億万長者、それが彼よ。スーパーモデルや金持ちの女相続人とデートする男性よ! いったいあなたがそんな世界のどこに入りこめるのか、教えてもらえるかしら、リリー?」ご自慢の美しい脚を最大限に引き立たせる短いスカートを思わせぶりに手で撫《な》で下ろし、スージーは突然少女のような表情になった。「まったく、彼はあなたよりわたしに歳《とし》が近いのよ」

リリーは玄関のドアを開けた。そうかしら? そうなのだろう。彼は……三十代のなかばぐらい? スージーも四十歳になったばかりだ。美しい継母に目をやったリリーは、頭に浮かんだ生々しい光景にかすかに身震いした。スージーが彼のつややかな漆黒の髪に真っ赤な爪を差し入れて、チーロを誘惑する光景だった。急に胸がむかむかした。「何が言いたいの?」

「彼はあなたには高嶺《たかね》の花だということよ!」スージーはそこで無理に笑顔を作った。「あなたを守るために言っているんですからね。あなたが傷つくのを見たくはないの」

「そうでしょうとも」リリーは静かに言って、ドアを閉めた。

急に足元がふらつくのを感じながら、リリーは砂利の道を進んだ。チーロは車を降りかけている。ふいにリリーは、忠告の動機は怪しいものの、継母が言った意味がよくわかった。高嶺の花? ええ、もちろんそうよ。高価なスーツを着て、日に焼けた肌を金色に輝かせる彼は、ほかの惑星から地上に下りてきたようだ。

　チーロはスージーが言ったような経験豊富なプレイボーイには見えない。しかし、見事に整った唇に浮かぶほほ笑みに心臓が止まりそうだ。

「まったく《ディーオ》、なんて魅惑的なんだ《クワント・セイ・インカンテーボレ》」リリーのために車のドアを押さえながら、彼はつぶやいた。

　リリーは低い座席にすべりこんだ。「わたしは今までイタリア語を話したことはないのだから、こちらが不利だということはわかっているわよね？　何を言っているか少しもわからないのよ」

　チーロは一瞬躊躇《ちゅうちょ》した。「きみはとても……感じがいい、という意味だ」

　〝感じがいい〟がチーロがよく使う言葉のなかにあるとは思えない。それに、彼がわたしに向ける表情を見て、自分が〝感じがいい〟という気はしない。魅力にあふれ、危険なほどセクシーになった気がする。リリーが行儀よくドレスの膝のあたりを撫でつけると、チーロはドアを閉めた。「ありがとう」

　隣にチーロが乗りこむ。「ルーフを下ろしたままだが、いいかな？　女性というのは髪型のことで大騒ぎすることがあるからな」

　早速ほかの女性に言及している相手に過剰に反応する気持ちを抑え、リリーはかぶりを振った。「ものすごくたくさんのピンで留めてあるから、風洞実験の装置のなかにでも入らないかぎり崩れることはないわ」

　チーロは興味深そうに彼女を見た。「髪を下ろすことはないのか？」

「あまりないわ。量が多いから邪魔になるの」

「そうだろうな」ふいにチーロはむき出しのリリーの胸に広がる髪を想像して、強烈な欲望の波に襲われた。彼は懸命に彼女の胸の頂以外のことを考えようと努めた。「どこに住むことにしたんだい？」

　リリーは憂鬱そうな笑みを向けた。彼の言い方だと、まるで選択肢が何百もあるように聞こえる。

「今働いているティールームの二階のアパートメントに引っ越すわ」

「そこはどんなところ?」

〝靴箱みたいなところ〟と答えたら、どんな反応を見せるかしら。「そうね、仕事にはとても便利だわ」リリーは淡々と言った。「二年ほど空き家になっていたから、多少壁を塗ったりはしないとね。来週ジョニーが帰ってくるまでには、もっと家らしくしておきたいの」

なじみのない感情が胸のなかではじけ、チーロはハンドルを握りしめた。「ジョニー?」

「弟よ」

弟か。自社の株価が四倍に跳ね上がったと聞いても今ほどの喜びは感じなかっただろう。「きみの弟?」

「ええ。寄宿学校にいて、来週末に帰ってくるの。弟はまだ新しい部屋を見ていないから、少しきれいにしておきたくて」

「歳は?」

「十六歳よ」

「それできみたちには――」

「そう、両親はいないわ」リリーはそくさとさえぎった。次の質問も予想がつく。今までにも何百回とされた質問。しかも、決まって遠慮がちな同情に近い口調で。「二人とも死んだの」

「それは気の毒に」

「それが人生というものよ」リリーは前方の道路を見すえた。「あなたは?」

「ぼくの母は存命だ。ナポリに住んでいる。父は……そうだな、ずっと前に死んだ」

リリーは急に彼の口調に苦々しさがにじんだのを感じたが、険しい横顔を見て口まで出かかった質問をのみこんだ。「ほらね。誰でも何かしら抱えているものでしょう」

「そうなんだろうな」チーロは体の関係さえない女性と立ち入った会話をしているありえない状況に気づいた。彼女とベッドをともにする場面が思い浮かび、また体がうずうずしはじめた。「くつろいで、ドライブを楽しんだらどうだい？」口調が乱れていた。

リリーは言われたとおりにしようとしたが、簡単ではなかった。これが自分の普段の生活だと思いこみたかった。狭苦しい新しい住まいの現実や、ジョニーが帰ってきたときどうしたら窮屈な思いをさせないですむかという心配を忘れてしまいたい。それに、この褐色の危険なナポリ人に強烈な性的魅力を感じないようにしたい。

「どこに行くのかしら？」

「〈メドウ・ハウス〉というところだが、知ってるかな？」

「ホテルの？」

「それだ」チーロはすかさず肯定した。

リリーは必要もないのにドレスを引っぱった。

「そこに泊まっているの？」

「ああ、そうだ。ディナーのあとにロンドンまで帰るのはごめんだからね。それに……」チーロはバックミラーをちらりと見た。「ちょっとした実地調査のつもりでもある。地元にどんな競争相手がいるか把握したいと思ってね。あのホテルでは、最近パリから新しくミシュランの星を獲得したシェフを引っぱってきて、厨房《ちゅうぼう》の責任者に据えた。メニューには興味がある」

リリーは料理の中身や見ず知らずのシェフの運命にはまったく興味がなかった。おそらくチーロも同じだろう。どんなに体裁を繕おうとも、彼にとって肝心なのはとにかくわたしを彼のホテルに連れ帰ることなのだ。その意味するところは明らかだ。わたしをベッドに連れこむつもりでいるに違いない！

リリーはたくましく盛り上がったチーロの腿に視線を落とした。それから、柔らかな革のハンドルを女性の肌のようにしっかりとつかんでいるがっしりしたオリーブ色の手に目をやる。もちろん彼はわたしがベッドをともにすると思っているに決まっているじゃないの！　彼は精力旺盛なイタリア人で、二人のあいだの空気には最初から熱いものがくすぶっていた。この人が、お上品な世間話をして夜を過ごすために自分のホテルに連れていくはずがないでしょう。

それでもリリーは失望していた。彼がこれほど……露骨なことに。もともとこのデートに気が進まなかったとはいえ、少なくともチーロは紳士らしく振るまう試みくらいはするだろうと期待していた。ディナーの誘いに応じたからといって、本気でわたしが彼と一夜をともにすると思っているの？　リリーは車の窓を流れる生け垣に目をやった。赤みがかった金色の葉が月明かりに輝く。本当にそう思っているとしたら、彼はひどく驚くことになるわ。

深く物思いに沈んでいたため、車が〈メドウ・ハウス〉の駐車場に停《と》まるまで、リリーはうわの空だった。周囲には同じようにぴかぴかの高級車がずらりと並んでいる。リリーはチーロのあとに続いてメイン・ロビーに入った。誰もが彼を知っているように見える。そこから奥の庭に案内された。

庭には、まるでホテルの経営者が急ごしらえのピクニックを思い立ったように、テーブルが並べられていた。陶器の食器にルビーレッド、エメラルドグリーン、琥珀《こはく》色のワイングラスというちぐはぐな組み合わせのボヘミアン風のセッティングだった。スタージャスミンの香りが漂う庭に小さな丸いアルミの容器に入ったティーライト・キャンドルが地面を覆うように灯《とも》されていた。揺らめく明かりが醸し出す親密な雰囲気のなかに足を踏み入れるような感じがする。

これから先の展開に不安があり、二人の到着がほかの裕福そうな食事客の注目を集めたものの、リリーはうっとりとあたりを見まわした。「まあ、なんてきれいなの」

チーロはキャンドルの灯に金色に照らされるリリーの髪を見つめていた。「ここに来たことはなかったのかい？」

「一度もないわ」

チーロは彼女の声にかすかな悲嘆を聞きとった。席に着きながら彼はまたいぶかしく思った。なぜ彼女はときどき途方に暮れたような様子を見せるのだろう。突然、世の中の心配事をすべてその細い肩に担い、広い世界にひとりぼっちでいる自分に気づいたかのようだ。彼女をこんなふうにさせる何があったんだ？　注文を終えてシャンパンがつがれると、チーロはゆったりと椅子にもたれてリリーを観察した。

キャンドルの炎が彼女の胸元の白い肌にゆらゆらと影を投げ、悩ましい豊かな胸の谷間をより深く見せている。

「すてきなドレスだ」

「本当にそう思う？」

「ああ本当だ。色もきれいだ。きみの目の色に合わせて買ったのか？」

リリーはにっこりした。「この布地は見切り品の箱にあって、大安売りされていたので買ったものだった。「実は買ったんじゃないの。自分で作ったのよ」

「服を自分で作る？」

飛んでいる軽飛行機の翼の上で曲芸ができると言っても、彼はこれほど驚いた様子を見せることはなかっただろう。「びっくりしているみたいに見えるわ」

「実際、びっくりしているんだ」チーロは急に渇きを覚えた喉を湿らそうと水をひと口飲んだ。「普段、これほど多才で働き者の女性にはお目にかからないものでね」

「そうなの？」リリーは好奇心を抑えられなかった。「それなら、どういう女性にお目にかかるのかしら？」

答えるまでに一瞬の間があった。チーロの頭に細身のタイトスカートと突き刺さりそうな細いかかとのハイヒールが思い浮かんだ。口紅のたっぷりついた唇やTバックのショーツ。この愛らしく優しい女性とは正反対の女性たちだ。チーロはユージニアのことを思った。彼女の文句のつけようのない家柄と美しく計算高い表情を。リリーのブルーの瞳をのぞきこんだチーロは、その瞬間、彼女以外の誰も存在していないような気持ちになった。「どうでもいいような女性ばかりだ」チーロは穏やかに言った。

「料理が来たようだよ」

ウエイターが持ってきたのは、黄金の糸のように繊細にスライスされたかぼちゃの上に山羊《やぎ》の乳でできた柔らかいチーズがちりばめられた一品だった。リリーは果たしてちゃんと食べられるか自信がなかった。こんなにおいしそうな料理を差し出されたときにかぎって、いつもは旺盛な食欲を失っているなんて皮肉だわ。でも、どうやらチーロも同じ状態のようだ。彼もまた、あまり関心なさげに前菜をつついている。

ほとんど手がつけられなかった皿が下げられて魚と野菜の料理が出されると、リリーはなんとかもう少し食べようと努力した。ひと口食べて顔を上げたとき、チーロの視線が自分にそそがれているのに気づいた。

「ほうれん草でも歯に挟まっているかしら？」リリーは尋ねた。

チーロは首を振った。それほど彼女に密着することのできる野菜が妬ましいくらいだ。「きみの歯は申し分ない。きみのことをもっと知りたいと思っていただけだ」

リリーは皿を押しやり、ワイングラスを手にした。

「どんなことを？」

「きみがグレーンジ館を出て弟とティールームの上の部屋で住むことにした理由とか」

「父が遺言状を作らなかったからよ」

「なぜ？」

リリーはワイングラスの脚を持つ指に力をこめた。チーロの言葉に、前途に待ちかまえる生活の激変を思い出させられた。「母の死後、父が再婚したから。かなり年下の女性とね。おそらく父はあまりにも……その、夢中になっていろいろな手続きをするのを忘れていたんでしょう。もっとも、そうする間もなかったのだけれど」リリーは唇を噛《か》んだ。今は軽い痛みさえ歓迎できる。「父が心臓発作で急死したとき、再婚してまだ九カ月だったわ」

「気の毒に」チーロは簡潔に言った。

思いやりのある言葉に、リリーが懸命に消そうとしていた記憶がよみがえった。忘れたくても衝撃が大きすぎて消すことのできない記憶もある。胸をかきむしる父親の姿――蝋《ろう》のような白い顔に汗が吹き出していた。継母のヒステリックな金切り声がダイニングルームに響き渡った。救急車を呼ぶよう継母に声高に叫び、リリーはできるだけのことをしたが無駄だった。応急処置の資格も、極度に肥満した中年男性の蘇生《そせい》をひとりで試みる際にはほとんど役に立たなかった。父のトニー・スコットはその場で死亡を宣告された。

あわててリリーはシャンパンを口に持っていき、ごくりと飲みこんだ。泡が喉を刺激して彼女は目をしばたたいた。「そういうこともあるわ」リリーは感情のこもらない口調で言った。「変えられないこともあるのよ。全部スージーのものになり、わたしはそれを受け入れなければならなかった」

チーロは鋭く目を細めた。彼女が自分の運命にいっさい恨みがましいことを言わないのは驚嘆に値する。継母は彼女をすっからかんにして世間に放り出しても少しも良心の呵責《かしやく》を感じていないようなのに。

「収入は何もないのか？」

「そんなことないわ」リリーは虚勢を張るように反論した。「あなたとは比べものにならないでしょうけど、ケーキ作りとウエイトレスの仕事の収入があるの。お忘れかもしれないけど」

チーロは思わず口にしかけた言葉をのみこんだ。リリーが稼ぐ金は小遣い程度のものだ。「女性が一生懸命に働くのは立派だと思う」チーロは本心から言った。

「とにかく」思いがけない称賛を軽く受け流し、リリーはこの話はここまでというように言った。「わたしのことはもう充分でしょう。あなたこそ謎の人物だし、今のところわたしはあなたのことをほとんど知らないわ」

「ぼくのことを検索しなかったとは驚きだな」

「どこで検索するの？」

「インターネットだ」

リリーは不思議そうに彼を見つめた。「それはみんなが普通にしていること？」

「たいがいそうするよ」チーロは肩をすくめた。「最近は容易に情報が手に入る。問題は、それが必ずしも正確ではないことだ」

リリーはチーロの口調に皮肉を感じとった。つねに人々の好奇の対象となることが、権力の座にいる者の悩みのひとつなのだろう。自分が相手を知っている以上に相手ははるかに自分のことを知っているのだ。つねに何かしらなすべきことを抱えているようでもある。「どのみち、わたしはパソコンを持っていないし」

「それこそ」チーロは唇の端を持ち上げて笑った。「信じられない」

「本当よ！　もともと何か読むより、実際に行動する主義なの。それに、なぜ何時間もパソコンの画面の前であの膨大な掲示板だのブログだのというソーシャルネットワークのたぐいを見て時間を無駄にしなくちゃいけないの？　現実の世界で直接すてきなものを山ほど見られるのに」

チーロは声をあげて笑いだした。近くの席にいた会話のない夫婦が、うらやましげに二人のほうを見た。「いやはや、きみは実在の人間なのかな、リリー・スコット？」チーロは優しく問いかけた。

リリーは頭がくらくらした。チーロが向ける優しく危険な表情に心が弱くなる。弱くなるなんてものではない。無防備にむき出され、しかも緊張している。ブルーのドレスの柔らかな布地の下で、胸の頂が強くつまれたように感じ、下腹部にひたひたと欲望が満ちてくるのがわかる。これは危険だわ。

「充分実在しているわ。でも、今のところあなたはそうじゃない。あなたがブルドーザー部隊を引き連れてくる前に、あなたの何を知っておくべきかしら？」

「開発業者というものを誤解しているようだな」チーロは反論した。「破壊活動しかしないと思っているんだろう」

「じゃあ何？　本当はその土地を蝶《ちょう》の一大飛来地にしようとする心優しい環境保護主義者だとでも？」

「あの屋敷を壊して更地にするつもりはない」

「本当に？」

チーロはしっかりとリリーの目を見て断言した。

「本当だ。それほど知りたいなら言うが、建物に合わせた改装にしようと思っている。きみの美しい家に以前の輝きを取り戻させてホテルに改装する。客がそのゆったりと流れる静謐《せいひつ》な時間を楽しむために余分な料金を払うようなホテルに」

リリーはじっと彼の顔を見つめた。愛着のある我が家が、お金を払って使われる施設になるのはうれしくなかった。自分が生まれた部屋を他人が使うなんて。だが、どうせホテルに売られる運命なら、チーロ・ダンジェロは悪くない買い手なのかもしれない。彼が趣味の悪い住宅開発や、屋敷を壊して醜悪な近代的建物を建てることを考えていた場合を想像してみればいい。「そんなにひどいことでもないのかもしれないわね」リリーは慎重に言った。

「ぼくの事業計画にきみの承認が得られてうれしいよ」チーロは重々しく言った。

「そこまでは言ってないわ。それに、あなたはまだ自分自身について何も教えてくれていない」

「いったい何を知りたいのかな、かわいい人《ドルチエッツア》?」

あなたに唇を押しつけられたらどんな感じがするか、よ。「兄弟はいるの?」

「いない」

たくましい男性的な体にきつく抱き寄せられたらどんな感じがするのかしら。「姉妹は?」

チーロは首を横に振った。「いない」

リリーは必死に気まぐれな空想を頭から追い払った。「それなら子ども時代は……幸せだった?」

チーロの目つきが鋭くなった。正直に真実を言ってやろうか? ある種の地獄だったと。物音ひとつしない暗闇に横たわり、母親のハイヒールが大理石の階段を打つ音を待っていた自分を思い出す。母がひとりかどうか、それとも押し殺した男性の笑い声とそれに反応する母親のくぐもった声が聞こえるのかどうか、息を凝らしていたことを。チーロは軽く肩をすくめた。「悪くはない」

リリーはチーロの目が急に堅苦しい感じになったのをいぶかった。「悪くはなかったという程度？」

浅黒い顔が冷たく凍りついた。「これはデートか、それともぼくはセラピーを受けているのかな？」

リリーは揺らめくキャンドルの明かりの向こうでチーロが口元をこわばらせるのを見た。急に彼女は今夜のひとときを台なしにしたくなくなった。「無理に聞き出したかったわけじゃないわ」彼女は静かに答えた。

それはチーロにもわかっていた。ぼくは彼女に必要以上に厳しくなっていなかったか？　リリーの口調に感じられたのは好奇心ではなく心配だというのに。「きみが話題にしているのはずっと昔に起こった出来事だ。いつまでも引きずっていたくない話題さ。ぼくに関してきみが知る必要があるのは、ぼくがナポリから来た普通の男だということだけだ」

たまらなく魅力的な表情を見せながらおよそかけ離れたことを言ってのける彼に、リリーは笑いだした。「ええ、もちろんそうでしょうとも」

チーロは身を乗り出した。「そして、目の前に座っている女性にキスしたくてたまらないと思っている」

リリーはとっさにグラスを置いた。手が震えて倒しそうだった。「やめて」彼女は小声で言った。

「なぜ？　今夜ずっと二人とも考えていたことを口にするのは、そんなに悪いことかな？」

「わたしが何を考えているか、わかるはずがないでしょう」

「かなりよくわかっているつもりだよ。ぼくはずっと注意深くきみを観察してきた。瞳に宿る感情や体の反応はごまかせない。ぼくを求めているのはわかっているんだ、リリー。ぼくがきみを求めているようにね。それを否定するのは愚か者しかいない。思わずうに、ぼくはきみがあのかわいらしい花柄のエプロンを着けてケーキを作っているのを見たときからずっと、きみがほしかったんだ」

リリーは愕然《がくぜん》として相手を見つめた。心臓が激しく打ちつけている。彼女を見つめるチーロの表情に、心地よい火照りを感じ、体がうずいた。肌が太鼓の皮のように張りつめて窮屈に感じる。突然リリーは恐怖を感じた。動機は自分本位だったにしても、継母がチーロについて言ったことはすべて事実だったのでは？　彼のデートの相手はモデルやセレブリティだ。彼はお金も権力もある。彼は別世界の人間なのだ。

リリーはほほ笑んだ。おいしい夕食をごちそうしてくれた相手にならば誰にでも向けるような種類の笑顔だった。「今日は長い一日だったわ。とても疲れてしまったみたい。そろそろ帰りたいのだけれど」

「わかった」チーロはさらりと答え、リリーが突然あからさまに話題を変えたことにとまどうふうでもなかった。チーロは二人が席を立ったときリリーがほっとしているのがわかったが、心にもない言葉を言ったことへの後ろめたさはなかった。リリーを力ずくで押しとどめるつもりはなかったからだ。それともあったのか？　自分のスイートルームに連れていき、巨大なベッドに鎖で縛りつけるつもりもない。彼女にキスをする。それだけだ。それに、結局最後には彼女も抵抗力を失うだろう。空に銀色に輝く月が昇るのと同じくらい避けられないことだ。

チーロは、車に戻るのにロビーを通りはせず、刈り立ての芝の匂いにむせそうな道のほうへ向かった。

「どこに行くの？」照明のあるテーブルが置かれた付近からはずれると、リリーは不安げに尋ねた。

「現実の世界を見ることを楽しむ女性なら、騒がしいロビーを通り抜けて駐車場に戻るより、もっと眺めのいい散歩のほうが楽しいんじゃないかと思ってね」

もちろん、のちのちリリーは、このとき普通になかを通るように主張しなかったことで自分を叱った。だが、チーロが指差している明かりに照らされた木々はあまりに美しかった。曲がりくねった小道は巧みに照明が施され、まるで魔法の森に迷いこんだような気持ちになった。銀色の光がぶなの木々のなめらかな幹を照らし、背の高い草がその緑色の葉を羽根のように揺らしている。これが別の機会に、別の人といるときだったら、リリーは彼女を取りまく非現実的な美しさを堪能していたことだろう。

だが、歩みを進めるにつれて、リリーはほとんど息もできないことに気づいた。チーロの存在を強烈に意識していた。チーロの体のありとあらゆる部分を。リリーの全身の末端神経が彼に触れてほしいと叫んでいた。恥知らずなほど官能的な彼の言葉を、彼の手と口で実行してほしいと。

チーロの光り輝くスポーツカーが視界に入った。リリーはこれほどほっとしたこともなければ、同時にがっかりしたこともなかった。かがんで助手席側のドアの鍵穴にキーを入れていたチーロが、まるで誰かに動くなと命じられたように急に動きを止めた。

「リリー」チーロはそっとささやいた。

それだけだった。彼が何か巧言を弄したり、誘いの言葉を言ったりしていたら、気持ちが冷めていたかもしれない。だが、今リリーはひたすら彼の瞳に見入っていた——底なしの深く暗い瞳に。そして我を忘れた。

チーロ・ダンジェロは本能的にそれを察知したに違いない。低くかすれたささやきとともに彼はリリーを抱き寄せ、唇を重ねた。

5

経験したことのないキスにリリーはまたたく間に夢中になった。そっと重ねるチーロの唇が燃えるような反応を引き起こし、彼女を貪欲にさせた。軽く焦《じ》らすような彼の唇はやがてリリーを深くむさぼり、口の内部をなまめかしく舌で煽《あお》り立てた。あまりに親密な接触に、リリーの脚ががくがくと震えた。

　チーロはその合図を待っていたのかもしれない。彼は片手でリリーのウエストを抱きとめ、もう片方の手で彼女の頭を支えた。その間も濃密な口づけをされ、リリーは息を奪われていた。チーロはじれったそうに彼女の髪に指をからませ、彼女を車に押しつけた。突然リリーは罠《わな》にはまったようにどこにも逃げられなくなった。でも、女性なら誰もこの罠から逃げ出したいなんて思わないわよね？

　背中は冷たい車に押しつけられ、前には欲望にたぎった男性がいる。リリーはなめらかな金属の車体に手のひらを当てて体を支えた。強く押しつけられるチーロの体の重みを感じる。それでもリリーはもっと激しくぶつかってほしかった。チーロの激情を感じながら、彼がどこかでそれをこらえている気もした。まるでわざと欲望の炎を抑えこむことで、二人をより激しく内部で燃え上がらせようとするかのように。

　リリーはなすすべもなく反応していた。最後にキスをされたのはずいぶん前のことだ。そして、こんな気持ちにさせるものはほかにないことに気づいた。甘美な情熱に圧倒される感覚を忘れていた。ほかのことは何もかも意識から遠のき、どうでもよくなる。チーロのキスはリリーの抱える悩みをどこかへ追い払い、自分と彼と、刻一刻とつのる飢餓感だけが残った。切ない渇望に体が震えた。

リリーは彼の舌が入りやすいように大きく口を開けた。彼女が何かとても賢明なことをしたように、チーロがうめいた。こんなことをしていてはいけないわ。チーロの手が彼女の髪からうずく胸に移っていた。特に彼とはこんなことをしてはいけないのよ。持てるかぎりの意志の力をかき集め、リリーはなんとか唇を引きはがした。

懸命に息を整えながらチーロはリリーの顔を見つめ、陰を帯びた瞳と開いた唇に見入った。張りつめてふくらんだ胸が彼のほうへ悩ましく突き出されている。抜き差しならない状態になる前に、ホテルのなかに連れていかなければならない。どうにも歯止めがきかなくなり、ズボンのファスナーを下ろし、彼女のショーツをずらして、今この車の陰でことに及んでしまう前に。

チーロはリリーのドレスのなかに手をすべらせ、ブラジャーを押し上げる硬くなった頂に触れた。冗談でなく、今この場で達してしまいそうだ。

「ぼくの部屋に行こう」敏感な胸の先端を親指で刺激されてリリーが震えるのを感じながら、チーロは切迫した口調で言った。「誰かに見つかって公然わいせつ罪で逮捕される前に」

リリーは喉に息がつまり、体が半分に引き裂かれそうな気がした。一方では、欲望にふくらんだ胸をもてあそばれる刺激に、鋭い快感が体を貫いていた。そしてもう一方で……。

リリーは息をのんだ。

こともあろうに彼は高ぶった体の中心部を彼女の腹部に押しつけている！　チーロは低い声で熱心に部屋へ行こうとささやいていた。それはどういうことになるの？　乱れた格好で訳知り顔のホテルのスタッフの前を通っていかなければならない。そして朝には、最高に恥ずかしい思いをしてまたそこを通ることになる。わたしったら、いったい何をするつもりでいたの？

なんとか車から離した湿った手のひらで、リリーはチーロの固い胸板を押した。

「あなたは正気を失っていると思うわ」リリーは強い口調で言った。

チーロはいぶかしげに目を細め、彼女が冗談を言っているのだと思った。まさか、たった今二人が化学反応のように激しく燃え上がったあとで、ぼくを拒絶しているんじゃないだろうな？　だが、きつく唇を引き結んだリリーの頑《かたく》なな表情を見て、本気で言っているのだとわかった。

「ぼくと愛し合いたくないのか？」普段よりアクセントが強くなっている。

「愛し合う？」リリーはぴしゃりと言い返した。

「屋外で車に寄りかかりながらすることをそう言うの？」

一方的にぼくを非難するのは少々ずるくないか。彼女もいやいやしていたわけではないのに。だが、チーロの憤りはすぐにまた次の欲望の波にのまれた。彼女を怒らせたくはない。怒った目で非難がましくにらまれるのはごめんだ。元どおり穏やかで優しい彼女がいい。ホテルの部屋に連れていき、じっくり時間をかけて服を脱がせたい。ベッドに横たえ、目と手と口を使って彼女の全身を探求したい。美しい腿を大きく広げ、熱く彼を待つその中心へゆっくりと身を沈めたい。

「確かに少し夢中になりすぎたようだ」チーロは乱れた口調で言った。

リリーは首を振った。これほど乱れた振るまいをした自分が信じられなかった。あれほど自分に誓ったのに。

「そ、それはずいぶん控え目な言い方だと思うわ」

動揺のあらわな声で言い、リリーは震える指で髪のピンを整えた。「家に送ってもらえないかしら？　だめならホテルに戻ってタクシーを頼むわ」

チーロは驚きといらだちに眉根を寄せた。彼女はイタリア一の恋人と称される男を拒絶していることに気づいていないのか？　彼は自分に誘いをかけてきた大勢の女性のことを思い、かぶりを振った。リリー・スコットの行動はその清楚《せいそ》な外見と一致するようだ。鋼鉄の道徳観を持っているらしい。

「もちろん家まで送り届けるよ」チーロは車のドアを開け、疑《うたぐ》り深く目を細める彼女を見た。「ああ、心配しなくていい」チーロは苦々しくつけ足した。「ノーと言われたあとに襲いかかるほど、女性に不自由はしていない」

リリーはうなずいた。置き去りにされてタクシーを待つはめにならずにすんでほっとしていた。そんなことになったら、ホテルのフロント係にどう思われるだろう？

「ありがとう」リリーは固い口調で礼を言い、車に乗った。彼女は、他人がどう思うかなんて気にならなければいいのにと思ったが、事実気になるものはどうしようもなかった。トムに捨てられたあとの最悪の日々の後遺症なのかもしれない。失意のどん底に沈み、彼に捨てられたことを誰が知り、誰が知らないのか恐々としていた。みんなが陰で自分の噂《うわさ》をして、あしざまに言っていると思っていた。恋人に捨てられてさっさとほかの女性と結婚されるなんて、彼女によほど何か悪いところがあるのではないか、と。あの失恋はその後のリリーの行動におおいに影響を与えた。いまだにそうだ。シートベルトを締め、リリーはまっすぐ前を見つめた。

リリーの隣の運転席に乗りこみ、チーロは車のドアを閉めた。彼は動揺していた。ふいに途方に暮れたような気分になった——一度も経験したことのない気持ちだった。これまで女性に対してどうしたらいいかわからなくなったことはなかった。あったとしたら、初めての経験をした十五歳のときだけだろう。ただし、無垢《むく》の自分に別れを告げた夜でさえ、彼はすぐにその技巧をマスターした。当時三十歳の相手は情事のあとのベッドに満ち足りて横たわり、彼の下腹部を撫《な》でながら、これから彼は多くの女性を幸せにするだろうと言った。

生々しい回顧に思いを巡らせても欲求不満は満たされなかったが、頭を冷やして正気に戻ることはできた。女性が珍しく淑女らしく振るまったことにショックを受けるなんて、自分の人生のひどさを映し出しているようなものではないか？　それに、実はどこかで誘惑をきっぱりはねつけた彼女を称賛する気持ちも感じているのではないのか？

リリーは無表情な横顔を見せて視線を前方に据えていた。「さっきのことに関して、きみがぼくになんらかの謝罪を期待している気がしてならないんだが」

「あれは残念な間違いだったわ」リリーは平然と言った。「それだけのことよ」

チーロはハンドルの柔らかい革を握りしめた。自分の耳が信じられない。これほど欲求不満がつのっていなければ、大声で笑っていたかもしれない。残念な間違いだと？　本気で言っているのか？　彼女の顔つきからすると、本気らしい。だが、それはいくらなんでも偽善的ではないか？　彼女だって聖母のように振るまったとは言えないだろう。

「それで、きみはいつもその〝残念な間違い〟に積極的に参加するのかな？」チーロは冷ややかに尋ねた。

「きっと、わたしよりもはるかに経験豊富な人に誘導されて道を誤ったのね」

リリーが非難のつもりで言ったのは確かだが、チーロはその意味するところに気づいて満足げにうなずいていた。もちろん、ぼくは彼女より経験豊富だ！　無垢の女性か反対に非常に経験豊かな女性でなければ、あんなふうに心臓も止まるほど情熱的に振るまいながら、そのあとに拒絶してみせることはないだろう。そしてリリーは明らかに後者ではない。

チーロの思考は、以前には未知だった方向にいっきに進んだ。最後の不満が残る結末を除けば、今夜は意外にも楽しかった。リリーとの会話には本心から満足した。彼女が時間をかけて進みたいと言うなら、いったいそれのどこが悪いというんだ？　かつて人々は普通にそうしていたのではないか？　女性解放運動や簡単に手に入る避妊具が安易な快楽につながる前に。

女性がその気になるのを待つのがどんな気分か想像してみればいい。体内にあふれる性急な欲望の大波を押し殺す気分を。それは最高に官能的な愛の営みを演出しないだろうか？

車がグレーンジ館に続く長い砂利の私道に入ると、チーロはリリーが緊張しているのに気づいた。彼女が見上げる二階の窓に、まだ明かりがついているものがあった。あの強欲な継母が起きて彼女の帰りを待っているのか？　だとしたら、リリーを連れて帰ったのは正解だったかもしれない。明日の朝、同じドレスを着た彼女を連れ帰ったのでは、双方の名誉に傷がつく。

「ここで停《と》めてくれるかしら？」リリーは急いで言った。

彼女はシートベルトをはずし、ドアの取っ手に手を伸ばしていた。「心配するな、嚙《か》みつきはしないよ」

チーロの言葉はなんという皮肉だろう、とリリーは思った。さっきまで、うずく胸の頂を彼の歯で攻めてほしいと望んでいたのに。「お食事をごちそうさまでした」リリーは礼儀正しく言った。「とても楽しかったわ」

チーロは低い声で笑った。本当に彼女は二人といない女性だ。なんて堅苦しい言い方をするんだ。だが、欲求不満と同時に彼は経験のない歓喜も感じていた。この極めて珍しい状況にわくわくする思いだった。今まで女性が本心から自分に〝ノー〟というのを何回聞いたことがあるだろう？ それも、火がつきそうなほど熱い化学反応を起こしながら。一度もない。今まで自分にはそんなことは起こらなかった。女性に出会い、ほしくなればベッドをともにする。それだけの単純な話だ。だが今度は違った。大違いだ。「次はいつ会えるかな？」

リリーが振り返るまでに一瞬の間があった。その間に彼女は、危険なまでのチーロのゴージャスさに抵抗する決意を固めた。また同じ状況を招くのは危なすぎる。危険だとわかっているのに、心を許してさらけ出し、拒絶されるあの危険をまた冒すなんて。なんとか彼を拒むことができたのは、土壇場で自尊心のかけらが戻り、愚かな行為を止めてくれたからだ。だが、次もまた彼に抵抗する強さを持てるか自信はない。ことに、彼がナポリ人の魅力をふんだんに発揮して、すでに弱体化している彼女のガードをさらに突き崩していったら。こうしている今でさえ、彼の腕に身を投げ出してつかの間の情熱的なキスに溺れたい衝動と闘っているのに。「次はないわ」リリーは静かに言った。

チーロの黒い眉が信じられないというように釣り上がった。「なんだって？」

リリーは乾いた唇をなめた。「二度とお目にかかることはないわ」

「理由は？」

「わたしはあなたに合うタイプの女じゃないからよ」

夜の闇のような目を光らせて、チーロは鋭くにらんだ。「それはぼくが決めることだとは思わないのか？」

「ええ」リリーは強い口調で言った。自分が正しいと思う判断を、説得力のある言葉で惑わされてはだめ。「思わないわ。あなたが冷静に考えていると思えないもの。少なくとも今は。わたしたち……わたしたちはまったく違う世界に住んでいるのよ。あなただってわかっているでしょう。あなたはナポリから来た世界的なホテル経営者で、わたしは……その、ケーキを焼いたりウエイトレスをしたりして生計を立てる田舎の普通の娘だわ。ここでのあなたの仕事が始まったら、偶然出くわすことはあるかもしれないけれど。この家を……」リリーは胸いっぱいに息を吸いこんだ。「ホテルに変える仕事が。でも、そのときはたぶん、礼儀正しく会釈してお互いさっさと別々の方向に歩いていったほうがいいと思うわ」

チーロは首を振った。礼儀正しく会釈する？　さっさと別々の方向に歩いていく、だと？　ぼくがどんな男だと思っているんだ？　次の恋人にしようと決めた女に会釈で終わらせたことなどあるとでも？　これほど男性としての誇りを踏みつけにされたことはない。だが驚いたことに、その結果彼が感じたのは怒りではなく、これこそ運命だという強烈な思いだった。自分への挑戦なのだとも思った。彼女は本気でぼくがノーという答えを受け入れると思っているのか？　これまでのどんな女性よりも彼女をほしいと思っているのに。

だが、ぼくは待つことの重要性を知っている。勝負に出るタイミングを計ることも。それこそぼくがビジネスで成功を収めている理由のひとつではないか。チーロは車を出てリリーの側のドアを開け、手を差し出した。一瞬ためらいながら、彼の手を取ったリリーは、二人の肌が触れた瞬間、口を開けた。

二人のあいだに電流が走ったかのように。ぼくもまったく同じように感じたのでは？　二人のあいだの反応はとても肉体的だ。化学反応のように強烈だ。チーロは車に乗って走り去る前にふたたび彼女にキスをして、彼女の唇を自分の唇で焦がし、彼女が逃したものを思い知らせてやりたかった。

だが、リリーにかかると普段しないような方法で反応してしまう。二階の窓をちらりと見上げる彼女を見て、チーロは保護本能のような激しい衝動に駆られた。

「リリー」チーロはそっとささやいた。

リリーは警戒する目を細め、チーロを見た。前にそう呼ばれたとき、彼女はたわいなく彼の腕のなかへ落ちた。わたしったら、またそうなりたいと思っていないかしら？「何？」

「家財道具を新しい家に運ぶのを手伝わせてくれないか？　言ってくれればなんでもするよ。前にもそう言ったが、それは変わらない」

リリーは黙ってうなずいた。ひどい悲しみに襲われ、あまりに打ちのめされて口もきけない。なんなの、慣れ親しんだ生活に別れを告げるときにわたしが打ちひしがれる様子を目撃させるとでも思っているの？　真っ暗にしか思えない将来をわたしが手にするところを見せるとでも？　冗談じゃないわ。絶対にお断りよ。リリーは無理に笑顔を作った。「それはご親切に。でも、自分の力でしたいの」

チーロはいらだち、両手を握りしめた。「きみのお継母《かあ》さんはロンドンに移るのか？」

リリーはうなずいた。「そうよ」

「そうなると、きみは近くに誰も頼れる人がいなくなるということか？」

彼に、スージーに頼ったことなど一度もない、長いあいだ誰にも頼れなかった、と言うのはよくない。とにかく自分はひとりでも問題なくやっていけると納得させなければ。そんなことは自分でも信じていないとしても。「なんとかなるわ」

背を向けて歩きかけたリリーの手首を、チーロがつかんだ。細く白い肌をつかむ手がひどく大きく黒く見える。乱れ打つ脈に触れて、チーロは彼女を抱き寄せたい衝動に負けそうだったが、なんとか克服した。今夜はずっと自分の感情と闘いつづけていたような気がする。

「ひとつ約束してくれ」

リリーは短く笑った。「内容を聞かないうちは約束なんてできないわ」

チーロは口元を緩めた。同じ状況なら自分だってそう答えないか？　田舎の若い娘にしては、確かにばかではない。「ぼくの連絡先はまだ持っているね？」

財布のなかにしまってあるクリーム色の名刺を思い浮かべ、リリーはうなずいた。

「よろしい《ベーネ》。万一何か困ったことがあったら、アパートメントのことでも、弟のことでも、とにかくなんでも、ぼくに相談して助けさせてくれると約束してくれ。いいね、リリー？」

リリーは迷った。チーロは人生で彼女が持ちえなかったあらゆるものを象徴しているように見える。強さ、権力、そして安定。相手が彼でなかったら、承諾していたかもしれない。だがリリーには、彼がその支援を申し出る唯一の理由がわかっていた。彼女をベッドに引きこみたいだけなのだ。

リリーは手にしたクラッチバッグを握りしめ、はっきりと首を横に振った。「ご親切には感謝するわ。でもお受けできないとお断りしたはずだし、本当にそう思っているの。ディナーをありがとう。おやすみなさい」

リリーはそう言って立ち去った。チーロはまだ立ったまま彼女の背中を見送っているに違いない。車のドアが閉まる音がしない。聞こえるのは、突然遠くの木にほーほーと鳴きながら舞い下りた無気味なふくろうの羽音だけだ。

それどころか、リリーがうまく継母に気づかれずに二階の自分の部屋にすべりこんでも、チーロの車が砂利の私道を走り去る音は聞こえなかった。リリーはブルーのドレスを、彼女らしくもなく乱雑に床に脱ぎ捨てた。

下着姿になり、リリーは縦長の鏡の前に立った。後ろめたさを感じながら両手をそっと胸に当ててみる。今夜チーロがしたみたいに。甘い快感を思い出し、彼女は目を閉じた。

そのときようやくチーロの車が、荒々しく砂利を蹴散らして走っていく音が聞こえた。

6

顔にかかる冷たい水の刺激が気持ちいい。リリーが両手にためた水をもう一度腫れたまぶたにかけようとしたとき、ドアのベルが鳴った。彼女は指から水を滴らせたまま動きを止めた。最初は無視しようと思ったが、どうせフィオナに違いないと思い直した。このちっぽけなアパートメントに引っ越して以来、訪ねてきたのは雇い主だけだ。弟以外でほかにここに来る人はいない。そしてその弟は……弟は……。

またこみ上げてきてしまう涙を、はなをすすってなんとか押しとどめ、リリーは手を拭いてドアに向かった。洞穴に住んでいる人みたいに引きこもって孤独感をつのらせても仕方がない。だが、ドアを開けた彼女はそこに立っている人物を見て息をつまらせた。黒い髪は乱れ、黒っぽいTシャツ、引きしまった長い脚に張りついた黒いジーンズという、カジュアルな装い。

「あなたなの」リリーは息を吐き出した。心臓が早鐘のように打ちだした。暗い駐車場でのキスがよみがえる。胸に手を当てられ、ざらざらした親指の腹で硬くなった頂をなぞられたことも。あの短くも情熱的な幕間劇《まくあい》のあいだ、彼はリリーにまた自分が女性であることを意識させ、彼を求めさせた。ええ、そうよ、わたしはたまらなくチーロがほしくて、それは今でもわたしを悩ませている。

「ぼくだ」リリーの様子――ところどころ赤くなった顔と腫れたまぶたに気づき、チーロは驚いて目を細くした。

「誰があなたを入れたの？」

「もうひとりのウエイトレスだよ。ダニエルという名札をつけていたと思うが――そんなことはどうでもいい。何があった？」

「なんでもないわ」

「なんでもないようには見えない」チーロはじっくりと観察した。「泣いていたんだな」

「ええ、泣いていたわ。だから何？　あなたの許可が必要だったの？」

手を伸ばして彼女を守ってやりたいという本能的な衝動を感じて、チーロは顔をしかめた。泣かないでと言ってやりたい。胸に抱き寄せ、ぼくがきみの涙を乾かして何もかも解決してやる、と。「入っていいかな？」

リリーの唇は〝ノー〟という言葉の形を作りかけていたが、それは答えを必要としない質問だったようだ。チーロは部屋のなかに足を踏み入れ、リリーは思わず彼が通れるようにドアを広く開けていた。

これは間違いだわ。大きな間違いよ。この週末に弟が帰ってきたとき、アパートメントはさらに狭苦しく見えた。だが、チーロがいるとまるでおもちゃの家のように見える。

「これだけ?」チーロは信じられないという顔で尋ねた。

彼の質問は、新しい住まいの広さに関する彼女自身の感想を言葉にしたにすぎなかったが、リリーは腹が立った。彼女はジョニーが帰ってくる前に三日がかりで部屋を調えた。少しでも広く見せようと白のペンキを二度も塗った。光を反射するようにあちこちに鏡を吊《つ》るした。限られたスペースのなかにいくつか鉢植えと注意深く選んだ家族の写真を配し、真新しいソファベッドの上にクッションを散らした。

だが、奮闘虚《むな》しく何も変わらなかった。部屋のなかは実物以上によく見えることはなかった。ごみ箱のふたぐらいの大きさのスニーカーを履くひょろりとした十代の男の子には、あまりにも狭すぎた。

それでもジョニーは文句を言わなかった。むしろ、言ってほしいくらいだったのに。弟が見せた健気《けなげ》な表情は十六歳の少年には大人びすぎて、切なさに胸が痛んだ。泣きたくなった。弟からすでに無邪気な子ども時代の大半を奪った運命を呪いたかった。ジョニーが学校に戻ったあとで、リリーは彼のリュックサックから落ちた丸まった手紙を見つけた。本当に涙がこぼれたのはそのときだった。

「これだけよ」リリーは、ちっぽけな居間の中央に立つチーロが、腹立たしいほど強く頼りがいがありそうに見えなければいいのにと思った。彼の圧倒的な力強さが、自分の無力さを強調しているように感じられる。「用件は何?」声がかすれていた。

用件? チーロはリリーの口元を眺めた。挑発的に尖《とが》らせていても震えを隠しきれていない。彼女の質問には答えるのが難しかった。ディナーの夜の納得のいかない結末のあと、ぼくがずっと彼女の電話を待っていたと知ったら、リリーはなんと言うだろう？　信じがたいことに、来ることのなかったメッセージを待って携帯電話を見つめつづけていたと知ったら。チーロは、彼女が自分とベッドをともにするために戻ってこずにはいられないだろうと踏んでいた。不必要に自分で自分の喜びを奪っていると気づきさえすれば、道理がわかって彼の考え方に同意するだろう、と。彼女は数日のうちに自分のベッドに入るものと思いこんでいたのだ。だが、そうはならなかった。リリー・スコットからは完全な黙殺以外の何ものも来なかった。

チーロは待った。ひたすら待った。どうにも我慢できなくなるまで。そして、彼女をベッドに連れこむいちばんの近道を見つけるつもりで今日ここに来た。けれど、今彼は自分が何を求めているのかわからなくなっていた。リリーの泣き腫らした目に、未知の感情で胸がいっぱいになっていた。彼女を囲いに入れてトラブルから守り、世の中に起こりうるあらゆる災難を寄せつけないようにしたい気分だ。チーロは眉根を寄せた。いったいこの気持ちはなんなんだ？

「なぜ泣いていたのか教えてくれないのか？」チーロは迫った。

リリーは自分の足元に視線を落とした。次々とこみ上げるいまいましい涙をのみこむ。「あなたには関係ないわ」

「リリー」そう呼んでも返事がなかったので、チーロはもう一度繰り返した。「リリー。頼むからこっちを見てくれないか？」

リリーはしぶしぶ顔を上げて彼と目を合わせた。

「何？」

「なぜ泣いていたんだ？」

なぜだと思う？　理由なら山ほどある。騒々しいパブの隣に住むのは楽しくないから。たったひとりで引っ越しをした疲れが残っているから。リリーは意地を張って、運転したこともないような大型のバンを借りた。その巨大な車を村の広場で運転するのは悪夢のようだった。〈ケンブリッジ公爵夫人〉の常連たちは店の外で腹を抱えて笑った。だがそんな不快感など、そのあと経済的困窮のせいでジョニーの夢と希望が断たれようとしていることがわかると、すっかりかすんでしまった。

リリーはかぶりを振った。今度涙がこみ上げたら止まらないだろう、と恐れた。とめどなく涙が流れ、チーロの前で泣きじゃくる醜態を演じてしまうに違いない。リリーはきつく口を閉じて答えを拒んだが、チーロの表情には絶対に譲らないという意志が感じられた。何か固く決意しているような――彼女が何か答えないかぎり一歩も動かないと言っているかのようだ。

リリーは軽く肩をすぼめた。「思っていたより大変だっただけよ。引っ越しが。グレーンジ館にさよならするのはつらかったし、どの家具をこっちに運ぶか決めるのはもっと厄介だったわ」もちろん継母は価値のあるものはすべて持ち去った。残ったものの大半は大きすぎ、重厚すぎて、ティールームの二階の狭い部屋に置くのは論外だった。

母が使っていた書き物机と、父の書斎に飾ってあった子どものころ大好きだった船の絵だけはなんとか確保した。それ以外に持ってきたものはあまりない。今度の居間にあるのは、古い布張りの肘掛け椅子、少し大きすぎるテーブル、それにとんでもなく場違いに見える新しいソファベッドだ。身長が百八十センチあるジョニーの体が安っぽいベッドの枠からはみ出ているかわいそうな光景を思い出し、リリーは反抗的にチーロをにらんだ。まるで彼の責任であるかのように。確かに彼の責任なのよ。リリーは自分に言い聞かせた。彼がグレーンジ館を買わなければ、こんなことはいっさい起こらなかったのだ。

「それに、この週末は弟がいたの」リリーは続けた。

「ジョニーかい？」

リリーはチーロが弟の名前を覚えていたことに驚き、ささやかな思いやりを示されたことで、なぜか事態はかえって悪くなった。リリーはまたなすすべもなくこみ上げてくるものに恐怖を感じた。必死にこらえていた涙が、情け容赦なく頬を伝い下りた。

チーロは顔をこわばらせて彼女を凝視した。「リリー？」

「やめて！」リリーは握りしめた拳で涙を拭った。

「こんなの……こんなのたいしたことじゃないもの。弟と二人でなんとかするわ」

「何をなんとかするんだ？」

「な、なんでもいいでしょう」

「いいや、なんでもよくない」チーロは不機嫌に言った。彼はリリーの肩に手を置いてソファに連れていって座らせ、部屋を出てキッチンに向かった。

「何をするつもりなの？」リリーは彼の背中に向かって呼びかけた。

「紅茶をいれてあげよう。きみたちイギリス人は、つらいことがあるといつもそうするんじゃなかったかな？」

状況が違っていれば、リリーはナポリのアクセントがあるその深く響く言葉にほほ笑みを浮かべていたかもしれない。だが、今の彼女はとうてい笑いたいような気分ではなかった。チーロがお茶のセットののったトレーを持って戻ってきたとき、彼女はびしょ濡《ぬ》れのティッシュペーパーで盛大にはなをかんでいた。

チーロはトレーをテーブルに置き、険しいまなざしでリリーを見すえた。「弟に何があって泣いているんだ？」

リリーは、疲れきってソファにぐったりと寄りかかった。チーロがおそろしく薄い紅茶をカップにつぐのを眺めながら、彼に打ち明けたい強い衝動に駆られる。あまりに長いあいだいろいろなことを心にためこんできたので、今にも爆発しそうに感じるからかもしれない。それとも、彼の頑固な顔つきからして、要求する情報を与えないかぎり出ていきそうにもないせいだろうか。

「美術学校に入学が認められたの」

「それはいいことじゃないのか?」チーロはいぶかしげに目を細めた。リリーはまた音をたててはなをかんだ。「先々の雇用状況を考えるとすごく安定した職業とは言えないかもしれないが、もし彼に才能があるなら……」

「もちろん、才能はあるわ!」いらだちながらリリーは首を振った。「でも、違うの、いいことじゃないのよ」

「なぜだ?」

リリーは相手の顔をまじまじと見た。本当にそれほど鈍いの? わたしがはっきりと言葉にしなければならないほど。屈辱的な言葉を一語一語言って聞かせなければならないほど。自分の苦しい懐事情を口にするのは品がない。そんな苦境は一度も経験したことのなさそうな人が相手では、なおさらだ。でも、抑えこむにはもう遅い。もうこれ以上抑えきれず、誰かに言わずにはいられない。「それはね、ロンドンに出て勉強するにはお金がかかるからよ。我が家にはないお金がね」

「どこかに蓄えはないのか? 公債とか株券とか、そういうたぐいのものは?」

「そんなものがあったら、とっくに現金にしていたと思わない? 継母が全部相続したと言ったでしょう。あれは嘘《うそ》じゃないのよ」

チーロは一瞬黙りこみ、自分の洞察力の欠如にがっかりした。なぜ彼女の言葉をちゃんと聞かなかったんだ？　おおかた、ふくらんだ胸や涙の跡が残る頬にかかる魅力的なほつれ毛に気を取られていたんだろう。それとも、しょせんぼくは他人の生活の細部になど目がいかない人間なのか。リリーの継母は、グレーンジ館をぼくに売らなかったとしても別の買い手を見つけたに違いない。だが、リリーの精神状態からすれば、彼女は弟の夢が邪魔されたのはぼくにも責任があると感じるだろう。

それならぼくはどうすればいい？　莫大《ばくだい》な財産が自由に使えるのだから、彼女を助けることはできないか？　これまでのところ彼女はぼくの助けをことごとく拒否しているにしても。彼女は引っ越しトラックの手配さえ拒んだ。チーロは人づてに、リリーが村の広場を大型のバンでかなり危なっかしい運転をしていたと聞いていた。

彼女は確かに相当頑固だ。そして誇り高い。ぼくが提供できる援助を受け入れるくらいなら、ひとりで苦労することを選ぶように思える。いつの間にかチーロは、自分が過去に出会った女性たちとリリーを比べていた。特にユージニアのことを考えた。彼女の尽きることのない物欲を。充血して燃えるような目を見つめ、チーロはリリー・スコットがまったく違う人種であることに気づいた。

花柄のドレスからむき出しの膝をのぞかせ、リリーは力なく肩を落としていた。その様子がたまらなく幼く、傷つきやすそうに見え、チーロは痛烈に運命のようなものを感じた。ソファに近づき、彼はリリーの横に腰を下ろした。彼女のブルーの瞳に驚いて何か問いたげな表情が浮かんだ。チーロは腕をまわして彼女を引き寄せた。「おいで」

「やめて」リリーはささやいたが、言葉は弱々しかった。本当はまた彼のそばにいることが心地よかったからだ。彼の力強い体の熱をじかに感じることが。

前と違うのは、欲望のためにこうなったのではないということだ。だが、それに近いほど何か強力なものがある。安心感。安らぎ。チーロがそばにいるかぎり、何ものも自分を傷つけることはないという感覚。彼に守られていると感じる。まるで、彼が自分のまわりを魔方陣で囲ってくれたようだ。それは危険なほど陶然となる感覚だった。チーロの胸に頭をすり寄せたい。安全な隠れ場所を見つけた小動物のように。だが、彼女はその思いに懸命に抵抗して姿勢を維持した。

「なぜぼくに助けを求めなかったんだ、リリー?」チーロは強い口調で言った。「電話をくれさえすればいいと言っただろう」

リリーはかぶりを振った。「理由はわかっているはずよ」

チーロは彼女を抱き寄せた。リリーの顔が彼の首筋に触れた。チーロは自分が息をつめているのに気づいた。彼女が体を引くかどうか不安だった。彼女の温かい息を心地よく肌に感じたとき、彼は苦い現実に襲われた。そうだ、ぼくにはなぜ彼女がぼくに助けを求めなかったかわかっている。彼女は見返りを要求されると思っていたのだ。体の関係を。一瞬チーロは目を閉じた。それは本当か? ぼくの親切な提案は善意から生まれたものか、それとももっと本能的なものを彼女から得ようとしていたのか?

急にチーロは自分に腹が立った。何年も、チーロのズボンか預金通帳に手を突っこむことしか考えない女たちばかりに出会ってきて、ようやくそうしない女性と巡り合った。低い賃金で一生懸命働き、弟を第一に考えて自分のことは二の次にする女性。彼女はぼくの誘いに応じなかった。彼女の欲望も同じくらい強かったのに。ぼくに電話もしなければ、まとわりつきもしなかった。面目を保つために偶然を装った出会いを画策することもなかった。

彼女は最初から淑女のように振るまった。それなのにぼくは、何カ月も女っ気のなかった飢えた兵士のような手練手管で彼女を誘惑した。チーロは首筋に彼女の吐息を感じていた。柔らかくリズミカルで、まるで芳香を放つ温かい鎮痛剤のようだ。初めて出会ったときのことを思い出す。ケーキを焼く彼女の顔はほんのりと上気していた。そのとき、あの雷に打たれたのだ。彼女の胸に抱かれる子どもの姿が想像できた。ぼくの子どもの姿が。模範的な母親になるリリーの姿が思い浮かんだ。彼女は今まで自分が決して知ることのなかった、純粋でそれでいて官能的な世界を象徴していた。そして、突然チーロはそれを自分のものにできることに気づいた。彼女を自分のものにできるのだ。

チーロはしばらくのあいだその強い確信の波に身をゆだねていた。彼はリリーの顎を上に向かせ、輝く美しい瞳をしっかりととらえた。「きみと結婚しなければならない気がする」

残る涙をまばたきして乾かし、リリーは信じられないという表情でチーロを見た。一瞬、自分の聞き違いかと思ったが、彼の表情は真剣だった。「頭がどうかしたんじゃないの？」

「そうかもな」チーロは肩をすくめた。「最近、物事がまともに考えられないようだ。だが、もしかしたら、今までに出会ったことのない女性と出会ったときにそうなるものなのかもしれない」

「なんの話をしているの、チーロ？」

「きみの問題の解決方法の話さ。きみはぼくと結婚しなければならなくなりそうだよ、リリー」チーロの指先は急に震えだしたリリーの唇をなぞった。

「きみのことはぼくにまかせてくれ。きみの弟のことも。美術学校への入学を断念する必要はない。ぼくの義理の弟になれば、心配することなど何もなくなる」

リリーは、これは現実ではないと自分に言い聞かせようとした。もっぱら防衛本能の働きとも言えるが、懸命に抵抗しようとした。それでもチーロの言葉はたまらなく魅力的だった。だがそれは、彼にはあらゆる問題や不安を取り除いてジョニーの将来を変える力があると気づいたからではない。もっと深い意味があった。経済的な問題だけでなく、自分の感情に彼が与えうる影響の大きさに気づき、リリーの思いは危険な領域へと入っていた。

「本気じゃないわよね」リリーは冗談めかして聞こえるように努めた。「頭を打ったか……酔っぱらっているのかしら」

チーロは低く笑った。「どっちでもない。本気だよ。なぜかわかるか？　きみがとても刺激的だからだ。ほかの女性とはまったく違う意味でぼくを刺激する。きみの思慮深さと誇り高さをぼくは尊敬する。それにまったくおかしな話だが、きみがこのあいだの晩にぼくとベッドをともにすることを拒んだという事実も気に入っている」

「つまり、そんなことは前代未聞だというのね？」

「そうだ」チーロは率直に答えた。「ぼくとベッドをともにする機会を拒絶した女性はひとりもいない。きみだけだ。きみの古風な価値観は、ぼくのなかの根源的なものに訴える魅力がある。それは重要なことだと気づいたんだ。つまり、ぼくはそういうすばらしい長所を持つ女性に会ったことがなかったし、この先二度と会わないかもしれない。だから、ぼくと結婚してほしいんだ、リリー。ぼくの妻になってほしい――そうしたらきみが必要なものをなんでもあげる」

リリーはうろたえて、首を振った。「あなたにわたしの必要なものはわからないわ」

「いや、わかっているよ、かわいい人《ドルチェッツァ》。きみにはしっかりときみの面倒を見る男が必要だ。きみを養い、きみの弟の可能性を実現させてやる男だ。そしてきみは……」警戒するようにリリーのブルーの瞳が陰るのを見て、チーロは両手で彼女の顔を包んだ。「きみはぼくがほしいものを与えられる」

熱く光る彼の瞳に見つめられ、リリーの肌をぞくぞくと震えが走った。「それはいったい何?」

チーロは肩をすくめた。自分の考えが時代遅れだということを無言で認めるように。ぼくが言おうとしていることを認める男は少ないだろう。「ぼくは伝統的な役割を果たす従来型の妻がほしい。家庭を作ってくれる人間だ。ぼくが仕事を終えて帰るのを家で待っていてくれる女性であって、毎朝大あわてで出勤し、家に帰ると疲れて夕食も作れないような女性ではない。自分の体の価値を認識して大切にする女性だ。きみのように。ぼくはきみがほしいんだ、リリー」チーロは率直に言った。「キッチンに立ってケーキを作る姿を見たときからずっときみを求めていた。きみに近づきながら、これは夢で今にも目が覚めるに違いないと思った。だが、一歩近づくごとに、夢なんかじゃないとわかった。きみの鼻に粉がついているのが見えて、手を伸ばして払ってやりたくてならなかった。きみがぼくを見て目が合ったとき、ぼくは雷に打たれた。前に男たちがそういう話をするのを聞いたことがあったが、そのときまで、そんな瞬間が存在するわけがないと思っていた。少なくともぼくには」

「雷ってなんのこと?」リリーはとまどった。彼女の記憶では、あの日は太陽がさんさんと降りそそいでいた。

「イタリアでは〝ウノ・コルポ・ディ・フルミネ〟と言う。文字どおり、雷の一撃さ。ある女性を見てここを打たれたときのことだ。ここ」チーロはリリーの手を自分の胸にあてた。「心臓を」

リリーは手のひらの下の奥深くで激しく打ちつけ

る鼓動を感じ、彼の言葉の意味の重要性に気づいた。彼を信じたいけれど、怖くてできない。でも、わたし自身も感じなかっただろうか？　庭に浅黒い見知らぬ男性を見つけて心臓が締めつけられたとき、何か強烈な結びつきを感じなかった？　わたしが男性に求めるもののすべてを象徴しているように見えなかったかしら？　今も彼はそう見える。それでもわたしがチーロを押しやった大きな理由は、あまりにも自分の感情をかき乱されていることに怯《おび》えたからだ。

　その感情が自分を弱くすることを彼女は身にしみて知っていた。無防備に心の痛みと苦悩にさらされることを。婚約者が突然彼女の人生から去ったときにひどく打ちのめされ、二度とそんな状態にはなるまいと誓ったことをリリーは思い起こした。チーロのプロポーズはただの気まぐれよ。リリーは懸命に自分に言い聞かせた。お互いをよく知りもしないで、どうして結婚しようなんて言えるの？　ただ支配欲と体の欲望に突き動かされているだけよ。どんな代償を払っても、ベッドに引きこもうとしているだけ。

　リリーは名残惜しくチーロの温かな抱擁から身を振りほどき、思いのこもった彼の目を見すえた。

「それは驚異的な申し出ね」リリーは慎重に言った。「でも、とてもまともだとは思えない申し出でもあるわ。わたしにはできない。あなたとは結婚できない。あなたもあとでよく考える機会があったら、きっと断ったわたしに感謝するわ」

7

だが、チーロはプロポーズを断られたことに感謝はしなかった。それどころか、断られたことでリリーに対する欲望は熱狂的に高まり、ほかのことは何も考えられなくなった。大人になって初めて、彼は自分の手からすり抜けるものに遭遇した。自分に抵抗できる強い女性。それは彼に我を忘れさせた。

　チーロはユージニアのことを思った。美しい、名門出身のユージニア。誰もがチーロは彼女と結婚すると思っていた。彼自身もそう思っていたのだ。彼女が、チーロの大事にしている価値観よりも金と権力をはるかに愛していると気づくまでは。二人の関係の終焉《しゅうえん》の合図となった決定的な出来事は今でもよく覚えている。あるディナーパーティでひとりの女性があからさまに彼に誘いをかけてきた。むろん、ユージニアは気づいた。だが彼女は怒る代わりに、チーロが納得できるなら自分は〝大人の対応〟ができるとほのめかした。つまり、彼は面倒な状況をいつでも金で解決できるという意味だ。彼が少しはめをはずしたいというなら、見て見ぬふりをしてもいいと。ちょっと高価な宝飾品でご褒美をくれさえすればいいの。思わせぶりな彼女の笑みが致命的な打撃になった。

　ユージニアの描く未来は、チーロが子どものころに目撃した、ベッドの相手を次々に変える情事を思い出させ、胸が悪くなった。彼はその夜のうちに彼女との関係に終止符を打った。清らかで純粋な女性への憧れはこのときに生まれたのだ。しょせん見つかるわけはないと冷ややかにあざわらう自分もいた。だが、ここにいた。リリー・スコットは彼が女性に対していだく夢そのものだ。それなのに、彼女はぼくのプロポーズを断った！

チーロはリリーを翻意させる努力を開始した。彼女の気持ちを傾かせることができるなら、なんでもする。彼はこれまでたいした努力をしなくてすんできた男だったが、今回は例外だった。だが、そもそも彼の性格の重要な部分を占めているのは困難に挑戦する気質なのだ。

まず、彼は花を贈った。香り高く咲き乱れる大量の真っ白な花。大きな花束にはシンプルな手書きのカードが添えられた。〝行儀よくすると約束したら、ぼくとまたディナーに行ってくれるかな？〟

あとでリリーは、そのカードを見てほほ笑まずにいられなかった、と彼に話した。ただし、その週は楽しい話題があまりになかったからという意味でだが。その夜のディナーで、チーロは寄宿学校に戻った彼女の弟が、美術学校への入学を断念しようとしているることを知った。必死に感情を抑えようとしているリリーの顔を見て、チーロはもどかしくてならなかった。ぼくなら弟の困難をただちに解決できるのに。だが、リリーに彼の援助を受け入れる気持ちがないかぎり、何もできないこともわかっていた。

リリーは彼にグレーンジ館での生活を話した。チーロはそれがどんなにつらいものであったか知った。屋敷の女主人となったあの強欲な継母と住むなんて。リリーは多少心を開き、スージーが父の所有物を持っていったことも話した。本来、それはジョニーが相続すべきものだったのだ。チーロはリリーが声をつまらせているのに気づき、彼女が母の形見の真珠も失ったことを知った。値段のつけられない美しい真珠のネックレスは、彼女の家で代々引き継がれてきたものだった。

「ちょっと確認させてくれ、リリー」チーロはリリーの美しいブルーの瞳を見すえながら慎重に言った。

「継母がきみの真珠のネックレスを盗んだと言っているのか？」

リリーはあわてて首を横に振った。「あら、スージーはきっと盗んだつもりはないと思うわ。ただロンドンに持っていっただけで——」

「きみはそのネックレスをまた目にすることがあると思うか？」

リリーは唇を噛《か》んだ。「そうは思わないけど」

「それを盗まれたと言うんだ」チーロは凍りつくような怒りがこみ上げるのを感じた。

次の日から二日間、チーロはロンドンで過ごした。戻ってくると彼はリリーに電話をかけて、近くの大聖堂の敷地で開かれるコンサートに誘った。誘いを承諾するリリーの声はうれしそうだった。チーロと同じくらい彼女もまた会えずに寂しかった、と聞こえるほどに。

その夜の外出の準備をしながら、チーロは満足感がふくらむのを感じた。イギリスの天候さえ自分に味方しているような気がした。夢みたいな夏の夜だった。空には巨大な月が浮かび、コンサートの会場に向かう二人のもとへ、温かい空気に乗って哀愁を帯びたバイオリンの音色が流れてきた。

チーロはリリーにチョコレートとシャンパンを用意し、休憩時間には、ピクニックバスケットの奥からナプキンにくるまれた革製の細長い箱を取り出した。

「これは？」箱を渡されたリリーが尋ねた。

「教えたらせっかくのサプライズが台なしだ。いいから、開けてみて」

チーロの奇妙な口調に急に緊張して、リリーは留め金に手をかけた。ふたを開け、くらくらしながら居住まいを正し、信じられない思いで中身を見つめた。サテンのひだの上に、愛する母のものだった真珠のネックレスが、懐かしいクリーム色の豊潤な輝きを放っていたからだ。リリーの手が震え、箱が落ちた。箱を拾い上げたチーロは慎重にネックレスを取り出し、彼女の首にかけた。温かな指がリリーの肌にかすかに触れた。

「ああ、チーロ」リリーは手を伸ばしてネックレスに触れ、それを着けた美しく上品な母を思い出した。ずっと昔、残酷な病にむしばまれる前の。チーロの思いやりに満ちたまなざしにぶつかったリリーの目に涙があふれ、落ち着いて話せるようになるまで少し時間がかかった。「どこで手に入れたの？」

「どこだと思う？」

「スージーから？」うなずくチーロに、リリーは目をぱちくりさせた。「彼女がこれをあなたに渡したの？」

チーロはそのネックレスに法外な額を払ったことを口走りそうになったが、我慢した。スージー・スコットはチーロが喉から手が出るほどそれをほしがっていることに気づき、その理由を察すると嫉妬から険悪な顔つきを見せた。彼女の要求した金額は誰に言わせても天文学的数字と言ってよかったが、チーロはすぐに支払った。スージーのような女と値段交渉するのは、考えるだけで気分が悪かった。

「ああ、彼女がぼくにくれた」チーロは眉根を寄せた。「そしてぼくは、これを正当な持ち主に返すよ」

「まあチーロ」リリーは感謝を表そうとしたが、言葉にならなかった。彼がしたことの重大さに気づいて息をのむだけだった。なんてすてきで気持ちのこもった行動なのだろう。

「感情的になっているときを狙うのは恥ずべきことだとわかっている。だが、ぼくはあえて恥知らずにもなろう」チーロはリリーの手を持ち上げ、その指先にそっと唇を寄せた。「ぼくはまたきみに結婚を申しこみたい」

「チーロ――」

「それが正しい理由は何百でも言える。まずは、ぼくは美術学校の学費を援助することできみの弟の夢をかなえる助けになりたい」

「それはまたずいぶん臆面もない言い方ね」チーロの舌が中指をそっと這《は》うのを感じてリリーは身震いした。

チーロは欲望に陰る彼女の目を見すえた。「ほかにもたくさん理由はあるんだ。だが、そのリストの最初にあるのは、たぶんぼくがきみにキスしたいということだ」

リリーは息をのみ、彼に正直な気持ちを告げる勇気をかき集めた。「それはわたしのリストでも最初のほうにある気がするわ」

チーロはリリーの手から口を離し、顔を寄せた。彼女の唇に軽く唇を重ねると、リリーの体が震えた。彼女を抱き寄せて豊かなシニョンに指を差し入れ、チーロはほかの女性とのキスが思い出せなくなるようなキスをした。激しく、深く情熱的なキスを。チーロの首に腕をまわしたリリーは、彼の心臓の激しい鼓動に触れ、かすれたうめき声をもらした。酸素不足で頭がくらくらしてようやくチーロはキスを中断して体を引き、リリーの瞳をのぞきこんだ。

「ぼくと結婚してほしい」チーロの声は乱れていた。

リリーは断る口実が尽きたことを悟った。ノーと言うのは頭がどうかしている――たとえ言いたかったとしても。彼の声に、真珠を思わせるなめらかな響きを感じて、彼のしてくれたことへの感謝の気持ちでいっぱいになった。チーロのような男性を愛するのはたやすいことだろう。ええ、絶対にそのはずよ。

「わたしも、結婚してほしいと思っているわ」歓喜に震える声でリリーは答えた。

8

「怖いわ」リリーは言った。

オパールガラスに銀めっきを施した鏡のなかの青ざめた自分の姿を見つめ、リリーはその背後に映るダニエルを見た。「ばかげているのはわかっているけど、怖いの」

「理由は?」ダニエルは辛抱強く尋ねた。

リリーが肩に流れ落ちる美しいベールに手をやると、鏡のなかの女性も動きをまねた。式を挙げる今日までの数日間、チーロと滞在している彼が所有するこの巨大なナポリのホテル〈イル・バイア〉で、もうどうしたらいいかわからないなんて言いだすのはとんでもないことかしら? あるいは、人生の大半をチャドウィック・グリーンの周辺で過ごした自分には、風光明媚《めいび》なナポリの町も、耳慣れない言葉も、完全なカルチャーショックだったと白状することは。チーロの富豪としての生活と大きな影響力が今さらながら実感できたとしても、果たしてそれに対処する能力が自分にあるのかはわからなかった。情熱に頭が熱くなっているときにプロポーズを承諾するのはとても簡単だった。だが、いざきらびやかで贅沢《ぜいたく》な彼の世界に足を踏み入れてみると、妻としてやっていけるかどうか自信がなくなった。

リリーが肩をすくめると、ドレスの繊細なシルクが肩の上で音をたてた。「ナポリに住むことが想像できないの」

ダニエルは、アップにしたリリーの髪にのった白薔薇《ばら》の花冠を手直しした。「まあ、リリーったら」今朝からずっとそうだったように、ダニエルの声は陽気で元気よかった。「慣れれば平気よ。時間がた

「花嫁が結婚前に不安になるのはよくあるわ、それだけのことよ」

そうかしら？　母の真珠のネックレスが柔らかな光彩を放ち、結婚式の晴れ着に身を包んだ自分の姿を眺めて、リリーの心臓は新たに奇妙なリズムを刻みはじめた。花嫁はみんなこんな気持ちになるものなの？　とっても高い飛びこみ台の上に立ち、その下の水の深さがわからないような気持ちに。たぶんそうじゃないわ。もっとも、たいがいの花嫁は、わたしがチーロのことを知っているよりははるかに自分の相手のことをよく知っているに違いない。

結婚に同意したら、チーロはすぐに名実ともに結ばれたがるだろうと思っていた。だが、そうではなかった。彼は結婚式の夜まで待つことを望んだ。彼はリリーが彼を拒みつづけてきたのがうれしかったと言った。自分の知るほかの女性たちとは大違いだ、と。待つのは困難な挑戦だったが、彼女への欲望は日を追うごとに高まっている、と。

我慢比べの日々は間もなく終わり、今夜はいよいよその大切な夜だ。二人が本当の意味でひとつになる日。だが、リリーはなぜか胸騒ぎに苦しめられていた。何か、どこかが少しおかしいという予感。まだチーロにトムとの関係を告白できていないからだろうか？　トムのことなどもう何も関係ないのだけれど。リリーはその件をずるずると先延ばしにしてきた。結婚式を前にした楽しい日々に水を差したくなかったのだ。今さら言うには遅すぎる。花嫁は祭壇の前に立つまで花婿と会うことさえ許されていない。それならどうすればいいの？　この場でEメールを送る？　昔、ほかの男性と婚約してましたって。

「こんなことができるかわからないのよ、ダニエル」リリーはかすれた声で言った。

「もちろんできますとも」花嫁付添人《ブライズメイド》の淡いピンクのスカートを撫《な》で下ろし、ダニエルはにっこりした。

「なぜならばね、ここからさほど遠くない教会で、たいがいの女性が結婚できるなら死んでもいいと思うような男性が待っているからよ。こんなふうに考えてみたらどうかしら。あなたは美しい町の湾を見下ろすすばらしい五つ星ホテルに滞在している。そのホテルは、たまたまもうすぐあなたの夫となる男性が所有している。いいこと、あなたがいるのはナポリなのよ。そして、その町でもっとも有名な住人と結婚しようとしているの！　教会の通路を歩く前に花嫁が怖じ気《おけ》づくのは普通のことよ。でも、あなたには特にそうなる理由があるの」

「そう？」

「当たり前じゃないの！　あなたはここでは外国人で、なじむまでには少し時間がかかるでしょう。いっぺんに多くを期待しなければいいのよ」

リリーはまた首を飾る真珠にさわった。「彼のお母さまに嫌われているような気がするの」

「どうして？」

リリーは、チーロに引き合わされたときのレオノーラ・ダンジェロの態度を思い浮かべた。チーロの母は挨拶のキスを受けるために冷たい頬を交互に差し出し、品定めするように細めた目でリリーを上から下までじろじろと眺めた。一分の隙もない装いで巨大な椅子に座る洗練された小柄な女性に比べたら、自分がどたどたと不格好に歩きまわる大女になった気がした。

薄暗い照明のナポリの豪邸は何もかもが壊れやすそうで、リリーはおおげさなほど身のこなしに注意した。急に動いたら、部屋を飾る値段がつけられないほど高価そうなアンティークをなぎ倒しかねない気がした。それに、母と息子のあいだには明らかに親愛の情が欠けているように見えた。チーロの母親への冷ややかな態度には、愛情より義務感を感じた。理由はわからなかったが、リリーはなぜか一瞬ぞっとするものを感じた。

「わたしのことをお気に召さないみたいだったわ」

「やれやれ、それはよかったわね！」ダニエルはにやりとした。「息子の嫁を気に入る母親なんて地球上にいるものですか。わかりきったことよ！　かわいい坊やの代わりが現れるまで、やきもちを焼くものなのよ。お義母《かあ》さんが何か言ったの？」

リリーはうつむいて、きらきらと輝くサファイアとダイヤモンドの婚約指輪に目をやった。チーロの母親は息子同様に完璧な英語を話すので、あの気まずい雰囲気を言葉の問題のせいにはできない。だが、とにかく何か落ち着かないものを感じた。色白でふくよかなイギリス人は、ダンジェロ家が住む洗練された贅沢な世界に決してなじめないというような。

正直に言うと、不安になった原因はレオノーラだけではない。花婿《グルームズメン》の付き添い人をする予定のジュゼッペというチーロの従兄《いとこ》も、リリーを疑いの目で見ているようだった。チーロはジュゼッペとは昔から仲がよくて、従兄弟《いとこ》同士というより兄弟のようだと言っていた。だがディナーの席で、ハンサムな青い目のジュゼッペはリリーのことをじろじろと観察していた。まるで彼女の正体を見極めようとでもするかのように。それとも、結婚前の不安でそんな妄想を抱いただけなのかしら？

「わたしにチーロのところに行って話をしろとでも？」ダニエルの声が不安な物思いを破った。ダニエルは窓辺に行き、青く広がる湾を見下ろした。「こうしてわたしたちが話しているあいだにも教会に集まってきている二百人の招待客の前で、結婚する気がなくなったと彼に説明しろというの？」

リリーはその光景を頭のなかに描いてみた。たくさんの招待客が口々にいったいどうしたことかと叫び、大騒ぎになる恥ずかしさを。そしてあまりのばかばかしさに笑いだした。わたしったらどうしたの？　チーロを初めて見た瞬間から、ひそかにこの日を夢見ていたんじゃないの？　思いもしなかった場所に心が転がり落ちたとき、青天の霹靂《へきれき》のように彼との結びつきを感じたのではなかったの？　もうすぐ愛する人ができることは、何週間ものいらだちと、何年もの憧れの最終結果じゃないの？　その人は、わたしが与えられるかぎりの愛を必要としているように思える。リリーはチーロの心の奥底に硬い孤独の芯があることを察知していた。唯一お金で買えないもの以外は、すべてを持っている男性の心の奥に。

「いいえ、わたしの気持ちは変わっていないわ、ダニエル。あなたの言うとおりよ。おかしな緊張のせいで自分がどれほど幸運かちょっと忘れていただけよ」リリーが立ち上がると、白いチュールがさらさらと音をたてて床にこぼれ落ちた。「さあ、行きましょう。花嫁の遅刻がナポリでは礼儀にかなったことなのかどうか疑わしいし、隣の部屋では、無理にエスコート役を命じられた弟がかちんこちんに緊張して待っているから！」

教会へ向かうまでの短いドライブのあいだ、リリーは緊張と興奮のあまり、賑《にぎ》やかな通りの様子もろくに目に入らず、ジョニーとダニエルが興奮して交わす言葉も半分しか聞いていなかった。だが車が教会の前に近づくにつれて、彼女は運命に近づいていくような奇妙な感覚を覚えた。

リリーが教会のアーチ型の入口に立つと、急にあたりが静まりかえった。むせかえるような花の香りも急に高まったオルガンの音も、ほとんど彼女の意識に入らなかった。その瞬間、彼女は自分が踏み出そうとしている一歩の重大さに気づいたが、それは当然だと自分に言い聞かせた。実際、重要なのだから。自分の人生でもっとも重要な日のひとつなのだ。

リリーはベールを撫で下ろし、腕を差し出したジヨニーと軽く腕を組み、ゆっくりと通路を歩きはじめた。大半は知らない招待客が、通りかかるリリーにいっせいに顔を向ける。だが、彼女の視界に入っているのはただひとりだった。他を圧倒するただひとりの人。イギリスのよく晴れたある日、彼女の人生に足を踏み入れ、その瞬間から彼女の人生を支配してきた人。

長身で褐色の肌をした、考えられないほどゴージャスな男性。今日のチーロには怖いほどの迫力さえあるように見える。一分の隙もない正装が彼を近寄りがたく見せ、別人にしたかのようだ。わたしのよく知らない人。ふいにリリーは思った。彼は本来の彼の居場所にいるのだ。この洗練された上流の人々のあいだに自然に存在している。一方、わたしは誰も知る人がいない青白い顔のイギリス人だ。心臓の鼓動が一瞬止まり、リリーはやっぱりこんなことは無理だと思った。そしてステンドグラスを通してそそがれる虹色の光に白い靴を踏み入れたとき、かすかによろけた。ジョニーが心配そうな目で姉を見た。

そのとき祭壇の前で待っていた男性がゆっくりと首を巡らし、リリーの心臓は勢いよく息を吹き返した。肋骨《ろっこつ》に激しく打ちつける感覚に、繊細なドレスの布地を通してその動きが見えるのではないかと思ったほどだった。

あれはチーロなんだわ。リリーは彼に向かって歩きながら、穏やかな喜びがじわじわとこみ上げるのを感じた。ようやく彼の横に立ち、リリーは彼の瞳の暗い炎を見上げた。称賛と尊敬の念を深めてきた男性。魔法のように亡き母の真珠のネックレスを取り戻し、才能のある弟がその潜在能力を開花させないのは犯罪だときっぱりと言いきった人。わたしを今日ここに立たせるために、たくさんのすてきなことをしてくれた人。わたしの愛するチーロ。

「大丈夫か？」チーロの唇が声を出さずに動いた。

リリーはうなずき、彼の温かな腕に手をすべりこませた。

式は二つの言語で執り行われ、リリーは誓いの言葉をなんとかつかえずに繰り返すことができた。チーロが金色の指輪をはめた彼女の指はかすかに震えていたけれど。司祭が二人が夫婦になったことを宣言して列席者が拍手をすると、チーロは彼女の顔に顔を近づけた。彼の唇の端にかすかな笑みが浮かんでいた。

「きれいだよ」チーロがささやく。

「本当？」

「きれいなんてものじゃない。花のようだ。柔らかく、無垢《むく》な白い花――きみの名前のとおり百合《ゆり》の花のようだよ」

「まあ、チーロ」

チーロはにっこりした。顔を上げたリリーの唇が期待に震えていたが、新郎のキスは唇をかすめる程度で驚くほど短かった。彼はわざとそうしていた。二人が夫婦として二人きりになるまでに、このあと披露宴をこなさなければならない。これほど長いあいだ辛抱したのだから、何をするにしても心ゆくまで堪能したい。「さあ、招待客に挨拶しに行こう」

披露宴の会場とハネムーンの最初の夜の宿泊は〈イル・バイア〉で、スタッフはチーロを満足させようと躍起になった。リリーは、まわりの全員が彼を知っている場所でなく、誰も知らないところで結婚初夜を過ごしたいと思わないのだろうか、といぶかった。だがチーロは首を横に振った。

「ここならぼくたちはさりげなく披露宴を抜け出すことができる。それに、オーナーが新婚初夜をライバルの施設で過ごしたら、ホテルの宣伝としてはよくないだろう？」

リリーはそんなものなのだろうと納得し、夕暮れに近づくころには場所などどうでもよくなっていた。

とにかく早くそこにたどり着きたかった。たくさんのカメラに笑顔を向けたせいで顔の筋肉が痛み、挨拶をする招待客の列で何百もの手を握り、食べ物のそばには近づくこともできず、何も口にできなかった。リリーは、チャドウィック・グリーンから飛行機で来たほんのひと握りの自分の知人に比べて、チーロの友人の多さに圧倒されまいと努力した。それに、雄弁な手を振りまわしながら陽気におしゃべりするたくさんの美女にも気後れしないようにした。少なくともジョニーはチーロの従弟《いとこ》たちと仲よくやっているようだし、ダニエルは次々にダンスの申しこみを受けているようだ。フィオナ・ウエストンは〝スフォリアテッラ〟という名前のデザートの一種を食べ、そのレシピを手に入れようと頑張っていた。

九時近くなり、もはやリリーがこれ以上持ちこたえられなくなってきたころ、チーロが彼女の腰に腕をまわした。

「ようやくきみをぼくのベッドに連れていくときが来たように思うんだが」チーロはささやいた。「きみはどう思う、シニョーラ・ダンジェロ？」

リリーは頭を彼の広い肩にあずけ、独占欲のにじんだ彼の口調と誕生したばかりの敬称の響きに胸をときめかせた。わたしはチーロの妻になった。リリーは夢見心地で思い、あらゆる不安が溶けてなくなった。本当に久しぶりに頼ることのできる相手ができたのだ。互いに守り、守られる相手。相手の愛と支えを受け、お返しにわたしも愛し支えることのできる人。あらゆる意味でのわたしのパートナー。

「もちろん、大賛成よ」

「それならここを抜け出すとするか。騒ぎにならないようにね」

ガラスのエレベーターは、壮麗な建物の最上階にあるハネムーンスイートに二人を運んだ。大きな広間に足を踏み入れたリリーは、優美なソファ、おびただしい数の花々、新婚夫婦のために用意されたバケットのなかのシャンパンに目をやった。テラコッタのタイルは花であふれたテラスに続き、その先に永遠に町を見守るベスビオ山の下の息をのむようなナポリ湾の景色があった。

「まるで旅行パンフレットの写真を見ているようだわ」有名な火山の雄大な稜線《りょうせん》を眺めながら、リリーは感嘆の声をあげた。

だが、景色も贅沢な部屋も、夫が彼女を腕のなかに抱き寄せたときに忘れ去られた。唇がそっと重なる。リリーは夫の高ぶりに気づき、彼が信じがたいほど自分を抑えていることに気づいた。

「永久と思えるぐらい今夜を待っていた気がするよ」彼の口調は乱れていた。

「わたしもよ」リリーは夫の首に腕をまわした。

「そしてそのときが来たのね」

「そのときが来たんだ」チーロが繰り返した。「緊張してる?」

リリーはチーロの経験豊富さを考えた。彼が自分に何を期待しているかを。彼に言うべきかどうか、また不安がよぎった。だけど、どうして今そんなことが言えるだろう? 「少し」彼女は正直に答えた。

「多少の緊張は当然だ。でも、何も怖がる必要がないことをぼくが教えてあげるよ」優しい笑顔を向けて、チーロは氷の入ったバケットを示した。「シャンパンを飲むかい?」

不安がつのるのを感じてリリーは首を振り、まだしっかりと頭に留められている薔薇の花冠とベールを慎重にはずした。ベールを椅子の背にかけ、彼女はチーロを見た。早くこれを終わらせてしまいたいと思うなんて、どうかしているかしら? まるで飛び越えなければならないハードルのように。そうしたら、あとはリラックスして残りのハネムーンと二人で過ごす人生を楽しめるとでもいうの？「このままベッドに行ってもいいかしら、チーロ？」リリーは思いきって口にした。「お願い」

チーロのとまどいはすぐに満足感に変わった。恥じらいながら求める。これ以上の組み合わせがあるだろうか？「ああ、リリー。美しく清らかなぼくの花嫁。こんなに待ち望んでいた女性はいない」リリーのささやかな抵抗を無視して、チーロは彼女を抱き上げて寝室に運んだ。その腕が何層もの豪華なチュールのドレスにうもれる。彼は冷たい大理石の床にリリーを立たせた。

「きみにしてほしいことがある」チーロがすばやくドレスのファスナーを下げると、ドレスは降ったばかりの雪のように床に落ちた。

「どんなことでも」リリーはささやいた。床に落ちたドレスの輪の外に出てチーロの前に立った彼女が身に着けているのは、白いレースのブラジャーとTバックのショーツ、レースの縁のついたストッキングとおそろいのガーターベルトだけだった。ヒールの高い婚礼用の白い靴を履いた彼女は、いつもより背が高く見える。チーロの目が欲望に陰った。

「髪を下ろしてくれ」唐突に彼は言った。

「髪？」

「髪を下ろしたきみを見たことがないって知ってたかい？」乱れた口調で彼は尋ねた。「今夜初めてそうするのは、何か象徴的なような気がするんだ」

チーロの目が驚嘆に輝いている。何もかも初めてのことのように……もちろん初めてなのだが。結婚がなぜとても特別で深遠なものなのか、リリーはそのとき気づいた。チーロもわたしも、今まで一度もしたことがないことをしているからだ。生涯の伴侶と愛を営む――ずいぶん古風な言葉だけれど、リリーは今とても古風な気分だった。それに、チーロはそんなわたしが好きなんでしょう？

リリーは頭のてっぺんに編みこんだ髪に手をやり、一本目のピンを抜いて近くのテーブルに置いた。ひと筋のつややかな髪が落ちてくる。チーロは息をのんで見守った。二本目のピンが取られ、次に三本目が……。ピンを抜くたびに髪がひとかたまりずつほぐれ、テーブルに落ちるピンがかすかな音をたてた。

全部抜きおわるころには、チーロは喉がからからになり、下腹部が今にも爆発しそうになっていた。まるで女神のようだ。大地と豊饒《ほうじょう》を象徴する生き物。まばゆいとうもろこし色の髪が豊かに波打っている。

「約束してくれないか？」

リリーは小首を傾《かし》げてほほ笑んだ。「約束に関するわたしの主義はもう知っているでしょう？」

「まあね。でも、これを守るのは実にたやすいよ、ぼくのかわいい人《ドルチェッツァ・ミーア》。絶対に髪を切らないと約束してほしいんだ」

一瞬リリーはためらった。彼の言い方だと、波打つ長い髪が自分を定義するもののように聞こえる。なんとなく彼女はそのことに漠然とした不安を感じた。それでも、自分への称賛で黒曜石のように目を輝かせているチーロの表情を見て、すぐにうなずいた。「わかったわ、約束する」彼女は優しく答えた。

「ありがとう《ミッレ・グラッツィエ》」チーロはリリーを引き寄せて両手で顔を包み、唇を近づけた。

リリーのうめき声を聞き、体の力が抜けるのを感じると、チーロは彼女を抱き上げてベッドに運んだ。ベッドの中央に横たえて、脱がせた靴を床に落とす。一瞬、挑発的な下着はそのままにしようと思った。相手がリリー以外の女性だったらそうしていただろう。だが、リリーはつねに彼を喜ばせようと技巧を凝らす女性たちと同類ではない。ちっぽけなシルクやレースの布で覆われた豊満な体を見て欲望を刺激する必要はないのだ。何も着けていないリリーが見たい。むき出しの彼女に触れたい。男と女が近づける限界まで。彼女はぼくの妻だ。妻なのだ。

チーロはリリーの背中に手をまわしてブラジャーのホックをはずした。レースの布に押さえつけられていた豊かな胸が解放されたとたん、彼の唇から震える吐息がもれた。彼は頭を下げ、彼女を堪能した。勢いよく突き出した胸の頂のまわりに舌を沿わせながら、彼は強烈な快感が体を貫くのを感じた。リリーのショーツに指をかけて膝まで下ろすと、衝動に抗しきれずに彼女の中心にそっと親指で触れ、リリーがあげた甲高い喜びの声に笑みを浮かべた。

「チーロ」リリーの指は彼の肩をやみくもに引っかいていた。

熱い反応は豊満な体と同じくらい刺激的だ。だが、チーロは自分はまだしっかりと服を着ていることに気づき、ベッドから離れた。

「そのまま動くんじゃない」リリーの口が抗議するように開きかけるのを見て、チーロは命じた。「この邪魔な服を脱いでしまうから」

「どこにも行かないわ」リリーはささやいた。

「そうだ」酔っ払いのように震える手で、チーロはシャツのボタンをはずした。

服を脱ぐ彼を見ながら、リリーの心臓は激しく脈打っていた。ジャケットを無造作にそばの椅子に放り投げているが、おそらく普段はそんなことはしないのだろう。チーロはジーンズ姿でもいつもどこかきちんとした感じがした。イタリア人というのはそういうものなのかもしれない。「それはかけておかなくていいの？」チーロの白いシャツが床に落ちるのを見て、リリーはぎこちなく言った。

ずきずきする高ぶりを包むズボンのファスナーを半分まで下げていたチーロは動きを止め、リリーの声が急に恥じらいを帯びていることに気づいた。彼は低く笑いながら、ズボンを脱ぎ、ボクサーショーツも取った。

「もしきみが」チーロはベッドに戻り、温かく従順なリリーの体を抱き寄せて言った。「今のぼくにこれ以外の動作ができると思っているなら……」

〝これ〟とはキスだった。永遠に続くかと思われるキス。まわりの世界が揺れてかすんで見え、リリーはあらゆる感覚に翻弄された。チーロは唇を離し、彼女の胸に触れた。指が彼女の高ぶった肌の上で挑発的に円を描く。リリーは彼の手が、平らな彼女の腹部を自分のものだと言わんばかりにすべるのを感じて目を開けた。彼が見ている。黒い瞳が強烈な視線をわたしにそそいでいる。「ああ、チーロ」

「なんだい、ぼくの天使《アンジェロ・ミーオ》？」チーロの手はさらに下がって、リリーの腿の付け根の柔らかな茂みを大胆に撫《な》でた。

「チーロ、わたし……」濡《ぬ》れた茂みの下に隠された小さなふくらみを親指で軽くはじくように愛撫《あいぶ》され、リリーは歓喜にうめいた。天にも昇る心地だった。あらゆる過去の悩みが遠のいていく気がする。前途に見えるのは光り輝く黄金の未来だけ。それはチーロのおかげなのだ。彼がわたしの運命を変えた。最悪の状態にあるわたしを救ってくれたのは彼だ。わたしのなかに何かを見いだしてくれた。何かよいところを。妻に望むほど彼が気に入ったものを。わたしを救い上げ、安心感を与えてくれた。不安だった結婚式を終えた今、リリーは輝かしい可能性に気持ちを集中することができた。彼女はあふれる感謝の思いに圧倒されていた。こみ上げるものはほかにもあった。体の奥から勢いよくあふれ出て、その大きさと大切さを秘めておけないもの。勇気を出して思いを解き放てば、心からチーロに捧《ささ》げられるものだ。

「チーロ？」

「なんだい、かわいい人《ドルチエッツァ》？」

「ああ……愛しているわ」リリーはささやいた。

一瞬の間があった。「もちろんそうだろう」チーロは低く応じた。過去に数えきれないほどの女性が彼にそう言い、彼はつねにその調子のいい軽い言葉を意味がないとみなしてきたが、リリーの言葉はうれしかった。なぜなら彼女はぼくの妻であり、ぼくを愛するべきだからだ。ぼくが、可能なかぎりの方法で彼女を愛するように。

リリーの唇がチーロの喉元を熱く小刻みなキスでたどっていた。チーロはふいに避妊について話し合っていなかったことに気づいた。だが、今それは問題ではない。彼女はぼくの妻だ。妊娠したらどうだというのだ？　結婚はそのためにあるのではないのか？　チーロはリリーの上になって唇を重ね、自分の高まりが彼女の腹部を圧迫するのを感じた。これほど大きく硬くなっていると感じたのは初めてだ。なんということだ《ディーオ》。あまりに強烈な快感が迫っていて痛みに近いほどだ。しかも体だけではない。リリーを見つめていると、心の奥底に経験したことのない痛みを感じないか？

「避妊具は着けたくない」とんでもなく率直な告白をする彼の声は乱れていた。「きみを感じたい。きみそのものを感じたいんだ、リリー。肌と肌をじかに密着させたい。ぼくの高ぶったものをきみの柔らかさで包んでほしい。隔てるものなく、ぼくの天使《アンジェロ・ミーオ》――なんの邪魔物もあいだに入れず」

「そうして」リリーは震える声で答えて広い背中に腕をまわし、チーロの首に唇をつけた。野性的な柑《かん》橘《きつ》系の香りを吸いこむ。これは現実に起こっていることなのかしら。「何も着けないで。そのまま……わたしを抱いて、チーロ。お願い。そうじゃないと、ほしくてたまらなくて死にそうだわ」

一瞬、チーロはかすかな違和感を覚えた。焦《じ》れたような彼女の言葉が意外だったからか？　言い方が積極的だったからか？　とはいえ、リリーがリラックスしているのは喜ぶべきだ。性経験のない女性が快感を得るには、緊張が最大の障害になると言われているではないか？　チーロは張りのある彼女の胸に片手を広げ、もう一方の手で、濡れて準備のできたところに自分の欲望のあかしを当てた。下腹部に血が猛《たけ》るように流れるのを感じる。リリーはブルーの瞳を大きく見開き、彼を見つめている。

「リリー」チーロは彼女のなかに入った。熱くてベルベットのようになめらかな彼女に包まれ、彼は体に力を入れて、それ以上の動きを抑制した。

「チーロ」リリーが吐息をもらす。

チーロは彼女が目を閉じるのを見た。彼が動きはじめると、リリーの体が震えた。彼は最初はゆっくり、やがて徐々に深く身を沈めていった。これほど奥まで進めるとは想像もしていなかったほどに。これほど甘美な快感を与えてくれる女性は初めてだと思うほどに。もっとも、彼自身がこれほど高ぶったことがなかったのだが。「痛くないか？」チーロは動きを止めた。

心地よいリズムに陶然と身をゆだねていたリリーははっとして目を開け、彼女の顔を探るように見ているチーロの視線に気づいた。自分がどれほどの快感を彼女に与えているか探るように。痛い？　それほど実際とかけ離れている言葉はないわ。夫と結ばれてひとつになること以上に、こんな快感を与えてくれるものは考えつかない。愛する夫と。リリーは思わず笑い声をあげた。彼の首に腕をかけ、広い背中を脚で挟んだ。

「痛くないかって？」リリーは慣れた動作でヒップを彼のほうへ突き上げた。「とんでもない。とっても……とっても、ああ、チーロ……とってもすてきよ」

かすかな闇がチーロの快感に影を落としたが、張りつめた高ぶりに押しつけられるリリーのしなやかなヒップの動きに、彼はまた歓喜の波にのみこまれた。懸命に快感を制御しながらチーロはうめいた。こらえるのは拷問に等しかったが、飢餓感をなだめなければならない。バージンは絶頂を感じるのに時間がかかると言われていないか？　とはいえ、結婚初夜に自分の新妻がそれを経験できないなど、あってはならないことだ。

だが急にリリーは彼にしがみつき、馬に乗っているように彼の背中に腿を食いこませた。さらに唇を彼の唇から離し、首を後ろに反らして、歓喜のうめき声をあげた。背中を弓なりにする彼女を見て、チーロはリリーが絶頂に達したことを知った。

上りつめた彼女の体の震えが治まるのを待って、チーロも自分を解き放った。彼は自分の体のどこか奥のほうが発しているらしい信じられないような叫びを聞いた。甘美な収縮を繰り返し、自分のなかの精力がすべてリリーの濡れて脈打つ温かい内部に絞り出されていくのを感じた。

彼は気づかなかったのかもしれない。少なくともそのときは。甘い快感の淵《ふち》に深く沈み、そのまま目を閉じて眠りに落ちていたのかもしれない。リリーが太腿で彼の体の脇を締めつけなければ。官能的な身のこなしはあまりに露骨に真実を物語っていた。チーロの絶頂のあとの恍惚《こうこつ》とした余韻が、浜辺に作られた砂の城が波に崩されるように引いていった。

彼は両手をリリーのヒップに当て、彼女と体を少し離して目を合わせた。それでもまだチーロはとがめるような目つきにならないように注意していた。思いすごしかもしれない。ああ、頼むから思いすごしであってくれ。

「気持ちよかったか？」チーロは優しく尋ねた。

「わかっているでしょう」リリーは彼が顔を下げてくれればキスができるのにと思った。

一瞬の沈黙があった。「実は、さっき一瞬ぼくは、きみがひょっとして……経験があるのではと思ったんだ」

なんでもないような口調だったが、リリーはだまされなかった。険しく光った目を見なくても、彼女は言葉の裏にかすかな冷淡さを感じとった。リリーは唇を噛《か》んで適切な言葉を探したが、どうしても思いつかなかった。

「そうなのか、リリー？」チーロは穏やかにきいた。「経験があるのか？」

少し間を置いてリリーは答えた。「あまりないわ」

「あまりない？」チーロの胸に、信じられない思いが苦い潮の流れのようにこみ上げた。一瞬、彼は自分の勘違いだと思った。異なる言語を話す二人のあいだに解釈のずれがあったのだと。だが、表情の変わっていくリリーの目はほかの事実を告げていた。健全と純真を連想させる堅苦しい衣装をまとっていない、素のままの姿。チーロは自分がリリーの本当の姿を初めて見ているのだと気づいた。古風な衣装に包まれたところしか見たことがなかった肌は、彼の想像どおりなめらかで心地よかった。たまらなくそそられた髪は、枕の上に魅力的に広がっている。まさしく自分が思い描いたように。だが、今それらは自分をあざわらっているかのようだ。リリーが自分に見せてきたイメージは幻影にすぎず、今の彼女がどんなにみだらに見えるかに気づいて、胸を蹴りつけられたような痛みを感じた。

だが、今さら何を驚いているんだ？　いったいどういうわけでリリーがほかの女と違うと思いこんだ？　少しも違わないというのに。チーロは母を思い出した。自分の欲望に取りつかれ、冷たい大きな豪邸でひとりぼっちで待つ幼い息子にかける時間がなかった母を。毎晩ベッドに横たわって母がひとりで帰ってくるかどうか心配している自分の、名前のない恐怖を。彼はユージニアのことも考えた。ほかの女性とのセックスはご褒美だとほのめかした恋人。健全そうな顔をしたリリーに実体のない純潔を見いだしたつもりでいたのか？　そして結局、最初からだまされていたとわかっただけなのか。

心臓が荒々しく肋骨に打ちつけても、チーロはきかずにいられなかった。まだ最後の希望のかけらにすがっている自分を大ばか者だとわかっていながら、彼はブルーの瞳の奥を見つめた。「きみはバージンだったのか、リリー？」彼はつらそうに言葉を振り絞った。「それとも、花嫁の純潔はただの見せかけだったのか？」

9

チーロの目に燃え上がる険悪な非難の色を見て、リリーの心は沈んだ。チーロの両手がヒップに食いこんでいる。彼は気づいているのかしら。それとも、さっきのすばらしい絶頂感のせいでわたしの肌がいつもより敏感になっているのだろうか。バージンかどうかなんて重要じゃないでしょう。リリーは懸命に自分に言い聞かせた。だが、そう思うそばから別の考えが浮かぶ。ばかなリリー、もっと早く彼に打ち明けないなんて。ばか、本当に、なんてばかなの。こんなひどい状態で言うなんて、なんて最低のタイミング？　二人とも何も身に着けず、チーロは今までに見たこともなければこれから先二度と見たくないような表情でわたしをにらんでいる。

「いいえ、初めてではなかったわ。だけどそれは……」リリーは笑みを作ろうとしたが、できなかった。「あなたも同じでしょう？」

チーロの胸を激しい痛みが貫き、彼は喉に砂利を突っこまれたような気がした。「なるほど、だがぼくはそうでないふりをしたことはないだろう？　きみと違って」

チーロはリリーを乱雑に重なった枕のほうへ押しやってベッドを下りた。できるだけ彼女と離れたいと言わんばかりに。

「そんなふりなんかしていないわ！」冷たい風がむき出しの肌に吹きつけ、リリーはチーロの体が離れたことを痛感した。

「そうかな？」ボクサーショーツに手を伸ばしながら、チーロは侮蔑の表情を向けた。「きみは純潔だというぼくの思いこみを正そうとしなかったのは事実じゃないか？　ぼくの前に恋人がいたことも言わなかった。きみの体に触れた男たちがほかにいることをね。黙ってそのままにしていたんだ、そうだろう？」

痛いところを突かれてリリーは唇を嚙《か》んだ。彼の言うことは事実だ。確かに彼の誤解をそのままにした。理由はいろいろある。チーロが自分を称賛するのは、彼を寄せつけなかったからだとわかっていた。彼のベッドに飛びこまなかった女性は、彼の人生では希少価値があるのだ。リリーはチーロの空想をつい黙認してしまった。彼が尊敬してくれると自分もそんな気持ちになれた。それはあまりに心地よかった。チーロが自分を清めてくれたような気がした。彼の前には誰もいなかったかのように。今でもそうだ。トムなど、彼に比べたらぼんやりした影のようなものだ。どうにかしてチーロにそれをわかってもらえないだろうか？

「あなたに言うべきだったとは思うわ」リリーは慎重に言った。「今はそれがわかる。でもあなたと過ごす夢のような時間をそのままにしておきたかった。二人のあいだにあるものを台なしにしたくなかったのよ」

「それで、ちょっと驚かせるのは結婚式の夜まで待とうと思ったのか？　娼婦《しょうふ》のようにぼくに乗りかかるまで？　適切なタイミングを見極めるきみの能力をけなして悪いが」残酷な言葉にリリーが怯《おび》えるのがわかったが、チーロは気にしなかった。裏切られたという重苦しい痛みが彼の心を深く傷つけていた。「何人いたんだ、リリー？」チーロは手を上げた。ゴールドの結婚指輪が彼をあざけるように光った。「片手の指の数より少ないか？　それともそれでは控え目すぎるか？　五十くらいかな？　道理でうまかったはずだ！」

「複数じゃないわ！」シルクのボクサーショーツを引きしまった腿に引き上げるチーロの侮蔑のまなざしに身をすくめて、リリーは叫んだ。「あなたの前にはひとりだけよ！」

「それを喜べとでも？」

リリーには、今彼を喜ばせるものがあるとは思えなかった。理屈に訴える最後の悪あがきが、傷ついた彼のプライドに届かなければ。「あなただって以前の恋人たちのことを言わなかったじゃないの」

「詳しくはね。だが、ぼくは事実を曲げて自分を偽りはしなかった」

リリーは深く息を吸った。結局、問題の根底にあるものに向き合わなければならないのだ。「つまり、わたしがバージンだということがそれほど重要だったということね？」彼女は静かに尋ねた。

美しいブルーの瞳と目が合ってチーロは一瞬黙ったが、心を鬼にして言った。「それはきみもわかっていたはずだ」こめかみをぴくりとさせて、彼は冷たく言い放った。リリーはしわになったシーツを腿の上に引き上げた。チーロは、彼女がしょせんほかの女と変わらないのだと断じた。金持ちの男をつかまえるチャンスと見れば、人をだますところまで身を落とすのも厭《いと》わない。

ユージニアは、充分な見返りがあるかぎりなんにでも目をつぶると明言した。だが、少なくとも彼女は自分の本心を隠さなかった。虫も殺さない顔をして愛らしい純真な少女のふりをすることはなかった。バージンと結婚するという彼の究極の夢を意図的に黙殺などしなかった。

「チーロ、ベッドに戻ってちょうだい。お願い」

チーロの口がゆがんだ。「なんて間抜けだったんだ」彼は歯をきしらせた。「魅力的な体の曲線と家庭的な才能に血迷うなんて。きみの見せかけだけの無垢《むく》な堅さに」チーロは床からシャツを拾い上げて着た。「ぼくに誘惑することを許さなかった初めての、そして唯一の女性。ぼくの理想の女性――というよりぼくがそう思いこんだ女性か」

リリーは怯えて、懇願するように両手を彼のほうへ伸ばした。「ちゃんと言うべきだったわ」ズボンをはくチーロに向かって言った。「でも言わなかったし、あなたもきかなかった。それにトムは――」

「トム？」チーロは吐き捨てるように言った。

「結婚するつもりだった人よ」

「その男と結婚するつもりだったというのか？」

「ええ。でもほかの女の人と会って、彼は結婚式を取りやめたわ」

「いつ？」

「式を挙げるはずだった日の二日前よ」

深く埋没していたチーロの思いやりのかけらが、冷たく捨てられた彼女に同情するようにうながした。小さな心の声が、その経験が彼に対する態度に影響を与えたのかきいてみろと呼びかけている。だが、虚仮《こけ》にされたという屈辱の強さがその声を無視した。あまりの胸の痛みに簡単に彼女を許す気にはなれなかった。チーロは女性の本心について疑《うたぐ》り深くならざるをえないような成長期を過ごした。リリー・スコットはその思いを強くさせただけだった。「そいつはきみを興奮させたのか？」ベルトを締めながら、チーロはベッドに近づき、リリーにのしかかるように質《ただ》した。

チーロを見上げるリリーの胸は、不安とときめきの入りまじった思いに激しく脈打っていた。彼がまたズボンを脱いでベッドに戻ってくれたらどんなにいいか。それから……それから……。

「どうなんだ、リリー？」リリーの生々しい空想はチーロの激しい口調に破られた。「そいつに感じたのか？　きみの体に触れさせて上りつめたのか？」

リリーはこのとんでもない質問にも正直に答えなければならないとわかっていた。こうなっては彼にすべて正直に話す以外ない、と。もしこの状況を救うチャンスが少しでもあるならば。恐ろしい事実が発覚して燃え上がった末の灰のなかから、何かいい結果が生まれないと誰に言えるだろう？　だが、どんなことをしてでもではない。少しでも自尊心があるならば、こんな質問に答えることはできない。そもそも、彼が聞きたがっている唯一の答えを与えることはできないのだ。「そんな質問をする権利はあなたにはないと思うわ」リリーは静かに答えた。

自己嫌悪に胸が悪くなり、チーロは顔をそむけた。嫉妬もあった。リリーが答えを拒んだことで、彼は自分の知るべき答えを察した。彼はリリーに言ってほしかったのだ。彼の前には快感を経験したことがなかった、と。身も世もなく叫び声をあげさせた男はいない、と。だが、いたのだ。そうだろう？　そのトムとかいう男だ。リリーを捨てた男。その男がぼくのものだったはずの彼女の純潔を奪ったのだ。

「ジュゼッペの忠告を聞くべきだったよ」チーロは苦々しく言い捨てた。

青い目を細めて疑うように自分を見ていた彼の従兄《いとこ》の名前を、リリーは聞きとがめた。「なぜ？彼が何を言ったの？」

チーロはかぶりを振った。「話がうますぎると言ったんだ。だが、ぼくは耳を貸さなかった」彼は自嘲するような笑い声をあげた。「そして、きみのかわいい小芝居にまんまとはめられたというわけさ。車に押しつけられて怒ってみせたが、本当はしたくてたまらなかったんだろう？」

リリーは口に手をあてた。「なんてことを言うの？」

「本当のことだろう！」きっと何もかも本当のことだ。チーロは苦々しい思いにとらわれた。純粋で貞淑なぼくのリリーは、ただの幻想だった。突飛な夢想の底からぼくが作り出した女性。名も知らない感情が冷たく心を締めつけ、リリーと出会ったときから現れだした心の隙をふさいでいる。ソックスと靴を履き、椅子からジャケットを取ると、彼は部屋を見まわして車の鍵を見つけた。

金属がぶつかり合う音にリリーは我に返った。

「どこに行くの？」

「外だ！」

「チーロ――」

「あとで悔やむことを言ったりしたりする前にな」苦しむリリーの顔と涙があふれるブルーの瞳から、チーロは目をそらした。乱暴にドアを開け、彼は部屋を出ていった。

激しい鼓動に胸を打ちつけられて、リリーは力なく枕に寄りかかった。じっとドアを見つめ、チーロが戻ってくることを願った。彼女を抱きしめ、かっとなって悪かったと言ってくれることを。自分が言ったことは不当だった、今起こったことは忘れて、やり直そう、と。

もちろん、彼は戻らなかった。一分一分が耐えがたいほど長く感じ、ようやく一時間、そしてまた次の一時間が過ぎた。開いた鎧《よろい》戸《ど》からかすかな音楽と笑い声が流れてくる。皮肉なものね。階下では人々がまだ二人の結婚を祝っている。その上で、花嫁は、ハネムーンのベッドにひとり横たわっているというのに。

壁にかかった飾りのついた時計を眺めると、午前零時をかなり過ぎていた。彼はどこにいるの？　リリーはチーロが自分の知らない場所にいる可能性が何百とあることに気づいた。ここでの彼の生活をわたしはほとんど知らない。その瞬間、リリーは自分がどれほど孤独であるかを悟った。見知らぬ町で、その町の名士と結婚し、そして激しい口論の末に、ひとり取り残された。

いったいわたしはどうしたらいいの？

いろいろな考えが頭のなかを駆けめぐり、リリーはシーツを握りしめた。そしてふいに、彼女のこれまでの人生を定義づけてきたものに後押しされて、ひとつの決断に至った。それは〝サバイバル〟と呼ばれるものだ。

チーロ・ダンジェロが自分にひどい評価を下したからといって、このまま横になって自分を憐《あわ》れんでいるつもり？　とんでもないわ。彼の残酷な非難を浴びたからといって、愚かな〝被害者〟に甘んじているつもりはない。リリーは携帯電話を取り出してチーロの番号を押したが、案の定、すぐに留守番電話に変わった。彼女は驚くほど冷静な声でメッセージを残した。かっとした状態で真夜中に車を飛ばすのはよくない。お願いだから無事でいることだけ知らせてほしいと。

三十分後、たったひと言メールが返ってきた。

〝無事だ〟

それきりだった。リリーは巨大なスイートルームにひとり残され、チーロがどこにいるのか、いつ帰ってくるかもわからない。長い夜になるのは確実だった。わたしにはどこにも行くところがないんだわ。大きなバスローブに身を包みながら、リリーは気づいた。話し相手もいない。親しい人々はみんなこのホテルにいる。でも、真夜中にダニエルの部屋のドアをたたき、新郎に置き去りにされたと言うわけにはいかない。とても恥ずかしいだけでなく、わたしはまだどこかで、チーロが冷静に戻ったら大人として話し合い、解決できるかもしれない、と思っているのかしら？

確かに、過去のことを言わなかったのはよくなかった。でも、彼が見せてくれた夢のような世界と安定した生活に押し流されずにいられなかったのは、チーロだって理解できるんじゃないの？　わたしを助けたいと言ったのは彼だ。そしてわたしが同意するまで全力を尽くした。あれは意味のないことだったの？　彼はもはや、二人とも雷に打たれたように惹《ひ》かれ合ったことさえ否定するの？　二人の将来が、わたしがバージンかどうかなんていうくだらないことに左右されてもいい、と？

だがチーロにとっては重要だったのだ。たいがいの男性は認めようとしないだろうが、それは本能的に重要なことだったのだ。毎日彼の帰りを待つ妻を望む気持ちと同じくらいに。

いつの間にか眠っていたらしい。目が覚めると、部屋のなかがアプリコット色の夜明けの光に染まっていた。ゆっくりと体を起こした彼女は、部屋の反対側の椅子に座った人影が無言で自分を見つめているのに気づいて、心臓が飛び出しそうになった。彼はジャケットを脱ぎ、白いシャツと黒い正装用のズボンをはいていた。足元は裸足《はだし》だ。瞳はうつろで、口は険しく引き結ばれている。

震えを抑え、リリーは乱れた髪を手で撫《な》でつけた。

「どこに行っていたの？」

「外だ」

リリーは黙った。つまり、これから先ずっとこんなふうになるの？　彼女は体ごと彼にぶつかっていきたかった。ほかの女性のもとへ逃げこんでいたのかと問いただしたかった。花嫁にだまされた彼に、ひどい女ねと怒り、なぐさめてくれる女性のところへ。だが、そういうお門違いの怒りや根拠のない心配は、こんなときには役に立たない。このひどい状態を救う希望が少しでもあるとしたら、冷静でいなければならない。わたしはまだ屈しない、と彼に見せなければ。何よりも重要なのは、わたしがまだ彼を思っているとわかってもらうことだ。「心配していたのよ」

「なぜ？」

「あんなに腹を立てたまま車で出ていったんですもの。事故に遭ったらどうしようと思っていたわ」

「そのほうがきみにはおあつらえ向きだったんじゃないのか？」チーロは抑揚のない死んだような声で言った。

「おあつらえ向き？　何を言っているの？」

「億万長者の花婿の車が海沿いの道路をはずれて海に転落し」相変わらず平坦《へいたん》な声で、暗いニュースを読むラジオのアナウンサーのような口調だった。「花嫁は二十四時間足らずで未亡人として残されました」

「チーロ！　なんてひどいことを――」

「キーワードはもちろん〝億万長者〟だ。未亡人がそのすべてを手に入れる。金、不動産、証券。すばらしく完璧な解決方法じゃないか、リリー？　もともときみは、金持ちと結婚するために違う人間を装う覚悟だったんだ。もしかしたら、ぼくの金をできるだけ早く手に入れられるようにと祈っていたのかもしれないな？」

「やめて」

墜落した飛行機の残骸から無傷で出てきた男のような、何が起こったか信じられないという表情でチーロは首を振った。「だが今度のことでは、自分自身を責めるしかないようだ。生まれて初めて完全に目をくらまされたよ。まったくきみに夢中になり、その甘い罠《わな》に向かってまっすぐ足を踏み入れた。一瞬立ち止まって考えていれば、きみのたくらみは明らかだったのに。きみは家と安定した将来を手に入れようと必死で——」

「そしてあなたは、わたしの体を最初に自分のものにするのに必死だった」自分に向けられる怒りの激しさに打ち震えながらも、リリーは言い返した。

「ああ、まったく仰せのとおりだ」懸命に事態を理解しようとするように、チーロはリリーをまじまじと見た。「ぼくはかなり世慣れた人間で、普通はどんな嘘《うそ》でも造作なく見分けることができる。だが、きみには本当にやられたと言うしかないよ、リリー。きみは何かとても……とまどった様子を見せた。信じられないほどかわいかったよ。まるできみにとって初めてのことのように」

「そう感じたからよ！」リリーは震える声で抗議した。「本当にそんな感じだったのよ」

腹をすかせた犬が骨に飛びつくように、チーロは彼女のその言葉に噛みついた。「それなら、前の男と婚約しているとき彼には何も感じなかったというのか？」

リリーは唇を噛んだ。感じなかったと言えたらどんなに楽か。トムには何も感じなかった、と。でも、そう言ったら嘘になる。もうこれ以上嘘はつけない。どんなにひどい結果をもたらそうと、もはや真実を遠ざけることはできない。「いいえ、もちろん感じたわ」

チーロは何かに打たれたように立ち上がった。その苦痛は、昨夜彼女に最初に快感を与えたのはほかの男だとわかったときと同じくらい大きかった。チーロは両開きのテラスのドアに向かった。その向こうで昇る朝日に湾が輝いている。こんなはずではなかった。今ごろはまたベッドで愛し合っているはずだったのだ。そして太陽がもう少し高くなったら、世界でもっとも美しい眺めを背景にテラスで朝食をとっていた。そのあとで彼は、花嫁をアマルフィの海岸線を巡る二人きりの船の旅で驚かせる計画だった。波に揺れる洒落《しゃれ》たヨットが、どこであろうと天国のような目的地へ連れていくはずだった。

それがどうだ？

今は何もかもがあまりに虚《むな》しい。

チーロは振り向いてリリーの顔を見た。なんて美しいんだ。青ざめた顔にサファイアの瞳が輝いている。ぼくの人生から出ていけと言わなければ。すぐに出ていってぼくを解放するなら、黙って離婚に応じる代償としていくらでも金は出す。

だが、激しい胸の鼓動と熱い下半身が彼の判断を曇らせていた。リリーの体はたまらない魅力を発している。あまりにも長くそれを拒絶していたチーロの体に、もはや抵抗できる力は残っていなかった。彼女は手を伸ばせばすぐ届くところにいるのだ。チーロはベッドに歩み寄り、リリーの目が欲望を帯び、体を覆うバスローブを握りしめるのを見た。

「何をしているの？」

「今は何も。なんだ、ぼくに何かしてほしいのかな？」

リリーは彼にそんな目で自分を見るのをやめさせたかった。肉のかたまりを見るような目で彼女を見るチーロは、それをむさぼり尽くそうとする飢えた肉食獣のようだった。「ひとりにしてほしいわ」

「きみはそう思っていないさ」

「思っているわ、本当に……ああ！」そのときリリーはチーロにベッドに押し倒された。チーロが舌を使って彼女の唇を巧みにこじ開ける。リリーはされるがままになっていた――バスローブがはだけ、胸に彼の手があてられても。彼に触れられて思わずもれた叫びが、裏切り者のように感じられた。まだ抵抗する時間はあるわ。彼の手がズボンのベルトに伸びていても、まだ押しのける時間はある。それならなぜわたしは彼に協力しているの？　どうして彼のズボンを引っぱり、体にぴったりしたシルクのボクサーショーツを引き下げているの？　いったいなぜ、避妊具に手を伸ばす彼を止めようとしなかったの？　あっという間につけたじゃないの。

チーロは乱暴にシャツを脱ぎ、いつの間にかリリーのバスローブも取られていた。彼はリリーの腿をこじ開け、彼女はそれを許していた。彼がほしい。彼を求めて体は燃え、潤っていた。そしてチーロに貫かれ、リリーは快感にあえいだ。一瞬チーロは動きを止めて顔を近づけ、彼女の耳元にささやいた。

「きみはどんなことができるか、教えてくれないか、ベイビー」

この状況を考えれば、情け容赦のない侮蔑の言葉だった。リリーは目を閉じ、彼にやめてと言う力を振り絞れるように祈った。言えば彼が従うこともわかっていた。セックスに関する彼の驚異的な抑制力はすでに証明されている。だが、本当のところ彼女はやめてほしくなかったのだ。今やめられるのは耐えられない。彼がこんなにも奥深くまで入りこんでいるときに。そこには二人がひとつになっている感覚がある。たとえそれが純粋に体だけのことであっても。

リリーはチーロの腕をつかんで押し倒し、上になった。動きはじめた彼女の髪が前にたれ下がった。最初ためらいがちだった動きは、チーロが乱れたうめき声をもらすと、自信に満ちた動きになった。リリーの柔らかな腿がチーロの固い腰骨をしっかりと挟んでいる。リリーは自分の柔軟な女性らしさと彼の頑強な男性らしさの官能的なコントラストを堪能していた。感じたことのない飢餓感と怒りにまかせて動きながら、リリーは体の中心に彼の硬さを感じていた。彼女は相手が自制を失いかけているのを見てとると、頭を下げてキスをした。チーロは最初顔をそらそうとしたが、長くは続かなかった。彼は降伏するように低くうめき、リリーに唇をむさぼらせたまま、彼女の腰を両手でつかんでその体の奥深くで震えながら絶頂を迎えた。

リリーは首筋にチーロの乱れた熱い息遣いを受けながら、快感による互いの震えが徐々に静まるのを感じた。しばらく二人は無言で横たわっていたが、やがてチーロがゆっくりと体を離した。リリーはがっかりして胸が痛んだ。彼の体の感触を恋しがる自分がいやになる。

チーロは肘をついて横向きになり、リリーに顔を近づけた。「今のはちょっと一方的だった」

リリーは息をのんだ。「そんなことはどうでもいいわ」

「いや、どうでもよくはない」チーロはリリーの腿のあいだに手をすべりこませ、火照った部分を指で愛撫《あいぶ》した。「とても大事なことだ」

「チーロ――」

「黙って」

それは短くおざなりな行為だったが、体が燃え上がっていたリリーは彼を止めることができず、また激しくあえぎながら絶頂に達した。チーロはキスでそれをふさぐこともしなかった。

リリーは屈辱感に打ちのめされ、枕に顔をうずめて泣きたい気分だった。だが、彼女は決してチーロの前で涙を流すまいと誓った。真実に向き合わなければならない。それがどれほど不快なものであっても。責任を逃れて何もかもチーロのせいにすることはできない。二人ともかかわっているのだ。こんなことになった責任はわたしにもある。チーロがどんな男性かは知っていた。古風な理想をいだいていることも。わたしはそれに調子を合わせてしまったのだ。確かにわたしはそれを真実のように感じたけれど、チーロにはわたしがどう感じたかは重要ではなかった。彼にとって意味があるのは、わたしがだましたという思いだ。彼の理想を打ち砕いたことだ。それはもうどうにもできない。二人はこれから先のことを直視しなければならない。お互いに尊厳を持って立ち向かわなくては。

「わたしたちはこれからどうなるの？」リリーは慎重に尋ねた。

チーロは彼女の上気した顔を見下ろし、汗ばんだ髪の下のこめかみが激しく脈打っていることに気づいた。まったくどうなるのだろう？　苦い後悔が襲ってくる。こんなことをするべきではなかったのだ。リリーをふたたび抱くべきではなかった。そのうえ、あんなふうに冷酷に上りつめさせるなんて。チーロは自分のしたことに嫌悪感をいだいた。彼の体は、まだリリーが与えてくれた快感を思い出して震えていたが。

かなり長いあいだ、チーロは無言で二人の前にあるさまざまな可能性を検討した。「新婚のベッドをともにして結婚を成立させていなければ、婚姻を無効にもできたはずだ。今の状態を考えると、ぼくは可能なかぎり早いうちに結婚関係を解消させたほうがいいと思うが、どうだろう？」

リリーは昔飼っていたペットの犬のことを思った。大好きなハーリーはかなりの高齢まで長生きした。ハーリーが病気になったとき、獣医は〝苦しまずに死なせてやろう〟と言った。今のリリーの気持ちはまさしくそんな感じだった。違いは、それまでに長い幸せな時間を過ごせたかどうかだけだ。

いずれにしても、相手がもうおしまいだとはっきり気持ちを固めているのに、もう一度やり直したいと頼むのは屈辱的すぎる。

「イギリスに帰るわ」リリーは静かに言った。

チーロは首を振った。彼の頭脳は、解決が必要な問題に直面したときにつねにそうなるように、目まぐるしく働いていた。「だめだ。きみはそういうところがわかっていない。ぼくはこれ以上おおげさな騒ぎになるのは願い下げなんだ。きみが何かに取りつかれたような顔つきと非難がましい目をして飛び出していくことは、もっとも避けたいことだ。結婚生活が数日間で破綻したとなれば、世間はぼくをよほどの愚か者か、人を見る目がないとみなす。どちらも受け入れられるものではない」

「つまり、何よりあなたの体面が大事ということなのね？」

「どう思う？」チーロは荒々しく問い返した。「ぼくが苦労して築いてきたものだ。きみに簡単に壊させるつもりはない」チーロは言葉を切った。リリーを見る彼の心臓は重々しく脈打っていた。「ぼくの案に同意するなら、きみは最初からほしがっていたものが手に入る。グレーンジ館はきみのものになるし、きみの協力に対して必ず相当な額の慰謝料を支払う」

リリーは彼の言葉が冷徹な交渉口調を帯びたのに気づき、彼を見つめた。まるで知らない人のようだ。暗い顔をした、不機嫌な見知らぬ人間。「協力ってどういうこと？」

チーロは肩をすくめた。「そんなに難しいことじゃない。きみはぼくの愛する妻の役を六カ月間演じる。そのあとで、ぼくたちは世間にきみがホームシックになったと公表する。あまりにもイギリスが恋しくなって結婚生活を継続できなくなった。よって友好的に別れたとね」

「いやだと言ったら？」

「言わないだろう」チーロの黒い瞳と口元が険しくこわばった。「言っておくが、きみは拒絶できる立場にあるとは言えないんだよ、リリー」

リリーは、自分は自分の意思に従ってなんでも拒絶できる、と反論しようと口を開きかけた。だが、疲労感が骨までしみこみ、イギリスに残してきたぼろぼろの生活に戻ることにすぐさま向き合う気持ちにはなれなかった。

10

「今夜はずいぶん無口なんだな」

チーロの言葉がリリーの物思いを破った。バルコニーに出てくる彼を意識して肌がわずかに震えている。いつものことながらチーロの存在感があたりを支配し、二人が住む高級アパートメントのバルコニーは、急にマッチ箱ほどの大きさになったように思えた。星空の輝きも、ナポリ湾に打ち寄せる黒い波も、何もかもチーロが横に立つと消えてなくなるような気がする。リリーは彼の体が発する熱とアフターシェーブローションの強い香りを感じた。彼に惹《ひ》かれる気持ちとどんなに闘っても、いまだに彼にこんな気持ちを持つのは危険だと何度自分に言い聞かせても、効果はないようだ。何も変わっていない。リリーは今も心から夫を求め、強烈な飢餓感が衰える様子はない。

二人は少し前に帰宅し、リリーはどんどん好きになっていく眺めを楽しもうと、暖かい夜の空気が漂うバルコニーに出た。この数カ月で南の町の魅力は魔法のように彼女の心をとりこにしていた。その心に夫がかかわりを持つことはなかったが。

「今夜はあまり楽しくなかったのかな?」チーロが尋ねた。

リリーはむき出しの肩にかすかな海風を受けながら、つらいため息をのみこんだ。わたしがなぜ気もそぞろなのか、本当にわかっていないの? オペラも、そのあとのパーティやら何やらの華やかな催しものも、ぎくしゃくした結婚生活の現実を埋め合わせはしない。チーロの容赦ない冷たい視線につねにさらされながら過ごすのは、おなかをナイフでえぐられるような気持ちがする。

〝そんなに難しいことじゃない〟結婚式の夜に六カ月間の形式だけの結婚生活を提案して、チーロはそう言った。

〝難しくない〟が聞いてあきれるわ。

こんなに難しいことはない。

リリーはダイヤモンドのようにきらめく海と、遠くに浮かぶベスビオ山のシルエットに目をやった。本当に、幸福な新婚夫婦の幻影を維持するのは難しくないと思ったのかしら? これほど真実からかけ離れたこともないというのに。

そこが問題だった。チーロは確かに難しくないと思っているのだ。彼はわたしには残念ながら欠如していると思われる能力を持っている。彼は何事も容易に割り切って行動できるようだ。息が止まるほど冷酷でなければ称賛したいほどだ。あまりに自然な振るまいに、リリーでさえ信じそうになる。たとえば、彼女を初対面の知人に紹介するとき、彼はリリーを守るようにさっと背中に手を当てる。まるで妻に触れずにはいられないという態《てい》で。緊張にこわばる自分の背筋を彼の指がもみほぐすと、リリーは胸が押しつぶされるような思いになる。もしかして彼は許してくれたのかしら、と。だが、見上げるチーロの目に見えるのは冷たさだけだった。

それが意味するところは、彼女の夫が世間から本当の感情を隠すことがうまい天才的な役者か、あるいはただもうリリーになんの感情も持っていないかのどちらかだ。もしも後者ならば、彼が感じたと言っていた〝雷〟なるものは、彼女にだまされたのが原因で消えてしまったということだ。

結婚式の翌朝、チーロは新婚旅行であるアマルフィ海岸を巡るヨットの旅をキャンセルした。リリーはそのほうがよかったのだと自分をなぐさめた。自分に激怒している男性と逃げ場のない船の上で二人きりで過ごすほど惨めなことがある？　だが、本心では悲しかった。まるで誕生パーティを直前に中止にされた子どものように。

二人はチーロのアパートメントに戻った。かりそめの関係を維持するのはそんなに難しいはずはない、とリリーは自分に言い聞かせた。特に夫が予定していた休暇を取り消してすぐに仕事に戻ったからには。わたしはナポリにいるのだ。美と文化に囲まれて。結婚生活が悲惨だったとしても、二度とないであろうチャンスに変わりはない。リリーは平気な顔を装うことを決意した。何があっても笑顔を見せつづけよう。夫の怒りがやわらぎ、自分を近づけて彼を愛するのを許してくれるように祈りつづけよう……。

しかし彼女の祈りは報われなかった。唯一チーロがリリーを近づけるのは、ベッドをともにするときだけだった。だが、彼のそばにいる心地よさに負けて、リリーにはそれをやめさせることができなかった。踏みつけにされたプライドが、どんなに彼を押しのけろと命じても。

リリーは振り向いてチーロを見た。銀色の月光が彫刻のような彼の顔に藍色の影を投げている。黒の夜会服姿の彼に、いまだに彼女は体がぞくぞくした。

「もちろん楽しんだわ。オペラはすばらしかったわね」

「そうだな」言葉を切り、チーロは彼女にそっと視線を向けた。「みんな、きみがとても美しいと言っていた」

リリーは黒い瞳を見上げた。「それで、あなたはなんと答えたの？」

チーロは片手を伸ばし、彼女の頰に当てた。「そのとおりだと言ったよ。誰もきみの美しさを否定できないさ」彼は優しく言った。「特にぼくは」

「チーロ――」

チーロはリリーの吐息のようなささやきを唇でふさいだ。甘美な愛の営みの力が不信感を忘れさせるのを感じながら、彼はリリーを抱き寄せた。彼女の大きなブルーの瞳で見つめられると、チーロは溶けてしまいたいような気分になった。リリーは彼をほとんど……無防備なままさらされているような気持ちにさせる。音楽と花の香りに満ちた教会で誓いの言葉を言ったときのように。あのとき彼は、何かとても重要な瞬間に立ち会っていると思った。だが、結局よく知りもしない女と結婚したとわかっただけだ。花嫁は彼が形作りつつあった夢をその小さな足で踏みつけ、跡形もないほど粉々に打ち砕いた。

確かに当初、チーロはリリーがだましたと腹を立てていた。だが、怒りが治まってくると、彼女に感謝したいぐらいの気持ちになった。以前の、なじみのある冷たく冷静な世界に戻ることができて安堵《あんど》したからだ。心が元どおり冷淡さで覆われるのを感じた。自分の感情を制御する運転席に戻ったのだ。誰であろうとなんであろうと、もう彼の心に触れることはできない。傷つけることもできはしない。ナポリの夜の闇のなかで、チーロはリリーのドレスの前身ごろに手を入れた。彼の指がシルクのような素肌に触れると、リリーの口から息がほとばしり出た。「ベッド、がいいかな」乱れたささやき声とともに、チーロは抵抗しないリリーを室内に連れていき、容赦ない手際よさで服をはぎとった。

熱い肌が重なって二人がひとつになったとき、リリーはまだ足りないと言うようにチーロを強く引き寄せ、彼の唇を求めた。唇がぶつかると、彼女はうめいた。チーロの巧みな動きでリリーはすぐに彼の腕のなかで打ち震えたが、そのあとも両手は彼の首の後ろで固く握られていた。睡魔が忍び寄ってきてようやくリリーは手を緩め、重ねた枕に寄りかかった。チーロは意図的にベッドの反対側に寄った。魅力的な彼女の体からできるだけ離れた場所に。最近は特にこうすることが多かった。リリーが腕のなかにいる時間を制限し、孤独に慣れる必要がある、とチーロは自分に言い聞かせていた。彼の美しく不正直な妻はもうすぐイギリスに帰り、自分はひとり取り残されるのだ……。

チーロは恐ろしさの残るいやな夢をたくさん見て、寝苦しい一夜を過ごした。目を覚ますとリリーがいなかった。夢と同じように。しばらく彼は横たわったまま天井に躍る太陽の光を眺め、ぞっとするような闇が魂に侵入してくるのを感じた。

シャワーを浴び、着替えてテラスに出ると、リリーがコーヒーを飲んでいた。すぐに彼の分のコーヒーをカップにつぐ彼女の目は、大きなサングラスに隠れていた。淡い色のシルクのローブは彼女の嫁入り衣装のひとつで、その下に何も着ていないのは明らかだった。

「今日は何をする予定なんだ？」ネクタイを結びな

がら、チーロは欲望の兆しがこみ上げてくるのを感じた。

サングラスの陰からリリーは彼を観察した。シャワーのあとの黒髪にまだ細かな水滴がきらめき、肌が光り輝いている。全身からエネルギーとバイタリティーを発し、スーツ姿の彼は冷ややかで冷静に見えたが、リリーは純粋な欲望を感じずにいられなかった。

後ろめたさも。わたしはずっとこの消えることのない後ろめたさを忘れてはいけない。そうでしょう？　リリーはゆうべの自分の乱れた反応を思い出した。絶頂に達しながら彼の名をうめき声とともに呼んだことを――いつものように。彼に深く貫かれている瞬間は、つきまとう不安感を無視するのは簡単だった。わたしはただ横たわり、彼の行為の一瞬一瞬を味わう。するとわたしは……わたしは……。

「赤くなっているのか、リリー？」結んだネクタイの形を整え、チーロはコーヒーに手を伸ばした。「これはこれは。きみが赤くなるのを見たのは久しぶりだな」

彼の口調に非難を感じとり、リリーはかっとなった。「あなたはきっと、顔を赤らめることが許されるのは処女膜を失っていない女だけだと思っているんでしょうね？」

「その言葉は少々品がなくはないか？」

「あなたはもちろん品がありますものね？」

チーロの黒い瞳が光った。「ゆうべはぼくの品のなさに文句はなかったようだが」

「その分野であなたがこれまで文句を言われたことがあるとは思えないわ」

また強い欲望に駆られ、チーロはあたかも湾の景色をもっとよく眺めようとするかのように、テラスの端に歩み寄った。幼いころから見て育った眺めだったが、今は少し違って見える。彼の人生で慣れ親しんできたほかのすべてのものも変わってしまったように。

ぼくはこの見せかけだけの結婚生活を簡単に送れると思っていたのだろうか？　六カ月という短期間だけリリーを抱き、そのたびに彼女とのあいだに距離ができる、と？　そうだ、そう思ったのだ。もちろんじゃないか。それが自分の望みだったし、ぼくは望んだことは必ず実現させる男だ。

チーロは、怒りは持続し、情熱は褪《あ》せると思っていた。女性との関係が終わりそうなときはいつもそうであるように。だが、今回はそうはならなかった。期待していたリリーへの免疫力はつく気配もなく、彼女に対して何も感じない状態には少しも近づいていない。ベッドのなかでも外でも、彼は以前と変わらず彼女を求めていた。

それはチーロを困惑させた。頭がおかしくなりそうだった。彼は、リリーは将来の保障のために平気で嘘《うそ》をついたと繰り返し自分に言い聞かせた。彼のような昔気質《かたぎ》のナポリ男の原動力となるものを、彼女は決して理解しないだろう、と。だがどの確信も一分と続かず、彼はおおいに混乱した。ぼくに理性を失わせるような何を彼女は持っているのだろう？　まるで、彼の苦悩する魂を癒やせる薬は彼女しか持っていないようだ。ぼくの人生に現れた瞬間に、彼女はぼくに何かの呪いをかけたのか？

「チーロ？」

「え？」チーロは振り返った。背中までなだれ落ちるリリーの髪を見て、彼は朝一番の会議を延期して彼女をベッドに連れ戻そうかと考えた。

「今日の予定は何かときいたわね」

「そうだったかな？」

リリーはこわばった笑みを浮かべたが、内心ではチーロがうわの空なのにほっとしていた。これから自分が言うことを彼が喜ばないことがわかっていたからだ。「あなたのお母さまに会いに行こうと思っていたの」

それを聞いてチーロの頭のなかのもやもやした考えはいっきに吹き飛び、彼は眉根を寄せた。「なぜそんなことを？」

「あなたのお母さまだからよ。そして、わたしがあなたの妻だからだわ」

「だが、きみは本当の妻ではないだろう？　お互いにわかっているじゃないか」

「本当の意味での妻ではないかもしれないわね。でも、お母さまはそれをご存じないでしょう？　この偽りの結婚を維持したいなら、お母さまを訪問するのはいいことのように思うわ。とにかく、わたしは会いに行きたいの。あなたが外でまたひと財産築いているあいだ、わたしは毎日教会巡りをしたりヘッドフォンでイタリア語講座を聴いたりしてばかりいるわけにもいかないわ」

チーロの目が不審そうに細くなった。きっと、わたしが将来的にはなんの役にも立たなくなる言語を学ぼうとしていることに、まだあきれているのだ。リリーはこの件で以前に彼と言い争った。新しい言語を習得することは決して無駄にならない、と。チーロは、リリーが彼の銀行口座を自由に使えるようになったからには、残りの日々をそれを使うことに専念すると思っていたようだ。だが、リリーはそうしなかった。彼はさぞ肩すかしを食らった気分だろう。リリーはナポリの町のとりこになった。彼女のプライドが、ここに住んでいるあいだ土地の言語を使えるようになりたいと思わせた。ほんの数カ月のあいだでも、この温暖な南のパラダイスに居場所を見つけ、その一部になりたかった。

チーロは思いがけない展開に考えこんだ。「母はあまり人づきあいを好むほうではない」彼は抑えた口調で言った。「きみに会うかどうか」

「もう承諾していただいたわ」

「なんだって《スクージ》？」

「きのう電話してお訪ねしたいと言ったら、コーヒーにお招きいただいたの」

チーロは理由はわからないが、むかむかと怒りがこみ上げるのを感じた。自分に先に許可を取らなかったからか？　それとも、ずっと自分と関係がぎくしゃくしている母とリリーが会うことに、不安を覚えるからか？「ぼくに隠れて母に電話して、会う約束を取りつけたんだな？」

「そうね。あなたがそういう見方をしたいなら、そういうことでしょう。礼儀正しいという恐ろしい罪を犯したわ。どうやらあなたにはとうてい理解できないことを」

「そんな無礼な言い方をする必要はない」

「あら、無礼な言い方はあなたの専売特許だったのかしら？」リリーは挑発した。

　二人は一歩も引かずに無言でにらみ合い、一瞬思わずチーロは笑いそうになった。だが、ユーモアのかけらはさっきの彼女の言葉を思い出すとことごとく吹き飛んだ。なぜリリーは、今さらぼくの母と無意味な関係を築こうとするんだ？

「何を言っても気持ちは変わらないんだな？」

「絶対に変わらないわ。あなたがわたしを鎖か何かでつないでアパートメントに閉じこめておくのでなければ、午前中にお母さまのところでコーヒーをいただくわ」

「それなら勝手にすればいい」チーロはブリーフケースを取り、口元をこわばらせた。「だが、母は扱いにくい人間だ。あとで忠告しなかったと言わないでくれよ」

　チーロの言葉がまだ耳に残っているうちに、リリーは義理の母に会いに行く支度に取りかかった。三回も服を着替え、しまいにはすっかりのぼせていた。

タクシーでレオノーラ・ダンジェロの広い邸宅に着くと、薄暗い照明の広間に通された。チーロの母の小鳥のように繊細な体つきと比べて、自分がひどく大きく不格好に思えた。

リリーはベルベットの椅子の端に浅く腰かけた。小さなコーヒーカップを受けとったとき、ふいに悲しみが襲ってきた。最後に実の母と一緒にコーヒーを飲んでから、どれくらい時間がたったのかしら。母なら、チーロについてどんなアドバイスをしてくれただろう。リリーは、いまだに自分がどんなに母親を恋しく思っているかに気づいた。

高齢にもかかわらず、レオノーラ・ダンジェロは美しかった。黒い瞳は息子とそっくりで、骨格は尖《とが》った顎を強調している。シンプルなグレーのドレスに金のネックレスをし、骨ばった指に見事なダイヤモンドの指輪がずらりと並んでいた。ゆったりと椅子にもたれ、レオノーラはリリーに泰然とした笑みを向けた。

「さて。若いシニョーラ・ダンジェロは少し顔色が悪いわね。ナポリの生活になじんでいるといいのだけれど？」

リリーはなんとか笑みを返した。実態を告白したら義理の母はなんと言うだろう。〝わたしを軽蔑する男性と暮らすことになんとか耐えています。わたしは彼を軽蔑なんてしていませんが。誰かを愛するのをやめるというのは、思うほど簡単ではないのです〟「とても美しい町ですわね」リリーは礼儀正しく言った。

レオノーラはうなずいた。「同感よ。もっとも、多くの人にとってナポリは謎めいた町だけれど。光と影の町。そこの角を曲がったところに何があるかわからないこともあるわ」レオノーラは力なくほほ笑んだ。「わたしの息子に少し似ているところがあるかもね」

リリーは胸がどきどきしはじめた。レオノーラはチーロの話をするつもりなのかしら。そうなったら、彼のことを誰よりも知っている女性に、二人の結婚生活について嘘をつき通せるのだろうか。「そうなんですか？」ほかに言いようがなく、リリーはそう応じた。

「わたしはね、チーロがやっと身を固めてくれる気になって喜んでいるの。なかなかそうならなかったから。いったいなぜなのと思うこともあったのよ、でもやっぱり……」レオノーラは言い淀《よど》んで口をつぐみ、眉根を寄せて、色が薄くなってきた黒い瞳を問いかけるようにリリーに向けた。「あの子はあなたに子どものころの話をするかしら？」

リリーは首を振った。「あまり」

「不幸だったと言わなかった？」

尋ねられてリリーは途方に暮れた。チーロに打ち明けられた話を伝える立場にはない。言えば彼の母親をひどく傷つける可能性のある話を。チーロの話はところどころ曖昧で、全体像は見えなかった。端のピースがいくつか欠けているジグソーパズルのように。リリーがなんとかつなぎ合わせた事情によれば、彼はしばしばひとり残され、自分で自分の面倒を見なくてはならなかったようだ。家に使用人は山のようにいたが、彼は孤独な少年だった。そればかりか、彼は母親の男性関係についてもほのめかし、それを心底嫌悪していた。そんな話を、レオノーラ・ダンジェロに面と向かってどうして言えるだろう？

「チーロはあまり自分のことを話したがらない人ですから」リリーはそれで話が終わるのを願った。だがそうではなかったようだ。シニョーラ・ダンジェロは、口をつけていないコーヒーを磨きこまれたテーブルに置いた。

「実はね、あの子を産んだあと、わたしはひどい鬱状態に陥ったの」レオノーラの上品な声がふいにしわがれた。

「それは」リリーは静かに言った。「存じませんでした」

「もちろん、あの当時そういう症状はまったく理解されていなかったわ。ましてそのことを人に話したりなんてありえなかったの。鬱病というのはそれぞれで症状も違っていたしね。女性はただ我慢して乗り越えることを求められていを求められていた。わたしもそうしよう乗り越えることたの、本当なのよ。でも、あまりに重度で好転することはなかった」レオノーラは言葉を切った。「わたしがチーロの父親に捨てられたことは?」

リリーは気まずくうなずいた。「それは聞いています」

レオノーラがなんでもないことのように肩をすくめたので、リリーはなんとか切り抜けたと思ったが、甘かった。ふいに自分の孤独な将来の姿が浮かんだ。肩をすくめ、ナポリ人との結婚はうまくいかなかったわと語る自分の姿が。今のレオノーラのように震える声で。

「わたしたちの結婚生活は夫が期待していたものと違ったの。彼が結婚式を挙げたのは元気のいい社交的な女性だった。朝ベッドから起き上がることもできないような女ではなかったの。あの当時は夫が妻と子どもを捨てるなんてとても珍しいことだったから、彼がいなくなってわたしは……とても怖かった。そうね、怖かったの。ひとりぼっちになることが。チーロのように強くて意志の強い男の子を、頼りになる父親の存在もなくたったひとりで育てていくことが。それに捨てられたことが恥ずかしくもあったわ。息子のために男性が必要だったの。それに、ええ、確かに認めるわ、わたし自身のためにもね」

「シニョーラ・ダンジェロ」リリーはあわてて義母

をさえぎった。「こんなお話をわたしにされる必要はありませんわ」

「いいえ、わたしが話したいの」レオノーラの口調にかすかな苦々しさがにじんだ。「わたしがなぜあんな行動をとったか、あなたならチーロに説明できるかもしれないから。わたしの話は聞いてくれないけれど、あなたの話なら聞くかもしれないわ」

リリーは唇を噛《か》んだ。本当のこと――チーロはわたしの言うことなど聞く気は毛頭ないと伝えたら、義母をもっと心配させるだけだろう。彼女は弱々しくほほ笑んだ。「やってみますわ」

膝の上で握りしめたレオノーラの手にダイヤモンドが光った。「あの当時の女性の立場は今と違ったのよ。特にこの地ではね。ナポリは昔からとても保守的で男性中心の土地柄なの。夫に捨てられた妻に人々は眉をひそめた。特にわたしの知人はみんなちゃんと夫がいたから。わたしはたぶんとても必死だったと思うし、よく必死さは表に出るというでしょう?」レオノーラは自嘲するように笑った。「それでわたしは再婚しなかったのかもしれないわね。もちろん、デートした相手はたくさんいるけど。昔は相手をここに連れてきて――」

「シニョーラ・ダンジェロ――」

「ただお酒を飲むだけのときもあれば、コーヒーだけのこともあったのよ。ときどきは――いつもじゃないけど――話をするだけのときも。わたしは孤独だったの、リリー。とても孤独だったのよ」

リリーはレオノーラの目に濃い苦悩の色が浮かぶのを見てうなずいた。「ええ、わかります」彼女はそっと言った。

「でもチーロは、あのころからすでに気性の激しい子だった。あの子はそれを嫌悪したの。男たちを憎んだ。マンマには修道女のように暮らしてほしかったのね。だけどわたしは……そうね、女でありたかった」レオノーラはごくりと喉を鳴らした。「それで息子とのあいだにはどんどん距離ができた。二人のあいだに溝を作ってしまったことは、死ぬほど後悔したわ。それ以来わたしが何を言っても、何をしても、わたしに対するあの子の態度がやわらぐことはなかった。その件を話し合うことを、チーロは徹底的に拒んだの」

リリーは深い悲しみに襲われた。レオノーラの観点からも、チーロの立場からもその問題を理解できるからだ。軽蔑する男たちから母親を守ろうとする小さな男の子の姿が浮かぶ。幼かったチーロには、母親が生きていくためには息子の愛情のほかにも必要なものがあると理解できなかったのだ。レオノーラはチーロが尊敬できる男性を探そうとしたが、うまくいかなかった。チーロにとっては、つねに見知らぬ他人が自分の家に上がりこんでくるように思えたのだろう。母と息子のあいだには障壁が築かれ、時間がたつほどますます崩せなくなったのだ。

ふいにリリーは、彼女がバージンでないと知ってチーロがなぜあんなにひどい反応をしたか理解した。チーロは理屈でなく感情的に、純潔だったはずの妻がいつかほかの男たちをベッドに引き入れると思いこんだのではないか。かつて実の母がそうだったように。あるいは単に、純潔でないことがすなわち欲望に溺れる性質を持っていると判断したの？ チーロは物事を白か黒かで見るタイプの男性だ。女性に関しても。というより特に女性に関しては。聖母か娼婦《しょうふ》か。そんな見方をする男性は多いのではないだろうか？ 彼がわたしをどちらに分類したかはすぐわかる。

「あの子に話してくれないかしら、リリー？」レオノーラが言った。「わたしの代わりに当時の状況を説明してくれないかしら？」

リリーは義理の母の声がかすかに震えていること

にまた気づいた。その洗練された外見の下の姿が見える。このまま年を取り、たったひとりの子どもの許しを得られずに死んでいくことに怯《おび》える女性だ。

「やってみますわ」とにかく、できるだけのことをしてみよう、とリリーは思った。これ以上何を失うものがあるだろう？　チーロは干渉されてわたしに腹を立てるかもしれないが、それで二人の関係の何が変わるの？　わたしは彼のもとを去るのだ。ナポリからも。それはもう決まったことだ。最後に母と息子の和解を助けることができたら、この悲惨な状況からもいいことが生まれたと言えないだろうか？

レオノーラの告白を聞いたことで、リリーは麻痺《まひ》状態から覚醒した。少しでも自分らしさを取り戻したいという意欲が出た。まわりに居心地のいい場所を作るのが大好きな女の子だった自分を忘れていた。敵対的な環境を日々しのいでいくのに精いっぱいで、本当の自分を見失っていたのだ。だって、チーロが夢中になった女性はケーキを焼き、一生懸命温かい家庭を作ろうとする女性ではなかったの？　バージンでなかったことにまだ腹を立てているとしても、わたしが象徴していたあらゆるものを彼に思い出させることができないはずはない。

リリーには、なぜチーロが自ら作った境界線の向こうを見ることを拒んだか理解できた。あれは防衛本能だったのではないかしら。子どものときに傷ついたようにまた傷つくことを避けるための。彼は弱みを見せることを嫌う強い人間だ。でも、わたしが意図的に彼を傷つけることは絶対にないと信じてもらうことはできないだろうか？　二度とそんなことは起こらないと。チーロが過去のわたしの間違いを許してくれるなら、わたしは喜んで心を開き、全力で彼を愛すると。どんなときでも彼に真心と忠誠を尽くすと。

急に希望がわき、リリーはアパートメントにいちばん近い店を探した。小さな店のなかは薄暗く、時代物の扇風機が生温かくよどんだ空気の室内でのろのろとまわっていた。外にオレンジとトマトの箱が並び、店内にはワインとたくさんのビスケットが並んでいる。望みの品を見つけるのにしばらくかかったが、それでもリリーはなんとかケーキの材料をかき集めた。応対をした老婆は驚いた顔をしている。たどたどしいイタリア語を話す色白の外国人がケーキを焼くのを、奇妙に感じたのかもしれない。

アパートメントに戻り、リリーは作業を始めた。オーブンの天板をケーキ型に代用することにしたが、彼女はチーロの最高級のレンジはいまだかつて使用されたことがないのではないかと怪しんだ。それでも、体になじんだケーキ作りに没頭できるのは心地いい。卵が小麦粉のなかに落ちて小さな煙のように粉を巻き上げるときの音が聞こえる。リリーの料理の先生は、木製のスプーンが材料を打つ音を石畳の道を走る馬の蹄《ひづめ》の音に似ていると言っていた。とびきり果汁の多いレモンの皮をすり下ろすと、やがて焼き立てのケーキの芳《こう》ばしい匂いが、チーロの男性的な趣の部屋に満ちた。

六時をまわるとすぐに、玄関ドアの開く大きな音がした。チーロがスーツケースを床に下ろす音が聞こえる。一瞬静かになり、次に足音がキッチンに近づいてきた。リリーを見る彼はほとんど無表情だったが、ほんのわずかにいぶかしげに目を細めた気がした。リリーのコットンのドレスについたケーキの材料に気づいたのかもしれない。ここにはエプロンがなかった。

「何をしているんだ」彼はゆっくりときいた。

「ケーキを焼いているほかにってこと?」努めて明るく振るまおうと決意し、リリーはオーブンのガラスの扉を開けてなかのものを取り出した。

チーロは前かがみになったリリーのヒップに目を

奪われた。初めて彼女がケーキを焼いているのを見たときの光景の再現だった。はちきれんばかりの彼女の若々しい体にノックアウトされたときの。その記憶がもたらすものは欲望だと思っていたが、チーロが感じたのは打ちのめされるほどの悲しみだった。

彼はリリーがテーブルに置いたケーキを眺めた。

「いったいなんでこんなことを?」

何かやり慣れたこと、なじみのあることをせずにいられなかったと言ったら変に思われるかしら? ある役割を演じているだけの女でなく、元の自分に戻れたと感じさせてくれることを。リリーは顔を上げ、理解してくれるのを祈りながらチーロの目を見た。

「もうずいぶんケーキを焼いていないことに気がついたの。食べる? オーブンから出し立てがいちばんおいしいのよ」

チーロは首を振った。リリーの言葉が彼をあざけっているような気がした。彼女は前にも同じことを言った。今となってはとても昔のことだ。その言葉は彼の希望を思い出させた。彼が望んだ日常の何気ないささやかな喜びは、今や二人の暮らしの苦い現実から遠くかけ離れて見える。「いや、けっこうだ」

リリーの顔が落胆にゆがみ、震えをこらえるかのように唇を噛んでいるからといって、なぜぼくが気にする必要がある。「母と会ったのか?」

「ええ」

「それで?」

リリーはチーロの顔をまじまじと見つめた。彼がもう少しだけ理解を示してくれたら――ほんの少しの優しさを見せてくれたら――慎重に言葉を選んでいたかもしれない。でき立ての温かいケーキを、ほんのひと切れ歩み寄りのしるしとして受けとってくれていたら、彼女も穏やかな言い方ができたかもしれない。だが、今のチーロの冷ややかな顔つきは、彼の母が彼について言ったことをすべて証明しているようで、遠まわしにうまく言おうという考えは頭から吹き飛んでいた。「とても興味深いお話をいくつかうかがったわ」

チーロはネクタイを緩めた。無関心を装い、別にどうでもいいと言いたかったが、実際には好奇心が頭をもたげていた。「そう？　たとえばどんな？」

リリーは深く息を吸いこんだ。「たとえば、あなたが小さいころお母さまが多くの男性とつき合っていたことを、あなたは決して許そうとしていないということよ」

一瞬驚愕《きょうがく》したような沈黙があった。「母がなんと言ったって？」チーロは険悪な表情できき返した。

「お母さまが産後鬱病にかかっていたことをあなたは知っていた？」リリーは急いで言った。「お父さまが出ていったのはそれが一因だったことも？」

「つまり、全部父のせいだと言うのか？」チーロは噛みついた。

「誰のせいでもないわ！」リリーは言い返しながら、心臓の鼓動が肋骨《ろっこつ》を激しく打ちつけるのを感じた。「どうしようもできない状況だったというだけよ。当時は産後の鬱症状について治療が施されることはほとんどなかった。お母さまはおっしゃったわ……その、あなたが尊敬できて、父親の役割を果たしてくれる人をあなたに与えたかったんだって」

「それはずいぶんお優しいことだ」チーロは歯をきしらせた。「たったひとつの役のために、ずいぶんな数のオーディションをしたものだ！」

「あなたは恨みしか感じていないのね」リリーはチーロの目に妥協を許さない険しさを見た。「わからないの？　お母さまは年老いて何も解決されないまま死んでしまうことに怯えていらっしゃるのよ」

「もういい！」

「いいえ、よくないわ」リリーは激しく言い返した。

「全然よくない！　わたしはお母さまが長いあいだずっとあなたの冷たさや支配欲に耐えてきたことを気の毒にさえ思った。でも、わたしも同じことをしていることにたった今気づいたわ。わたしは自分で自分がいやになるような行動をとっているの」

チーロの声は絹のこすれる音のように低く抑制されていた。「いったい何を言ってるんだ？」

「受け入れてはいけないことをわたしが受け入れているということよ！　あなたが何カ月続けようと思っているか知らないけれど、わたしたち二人がこの見せかけの結婚を維持していることよ。あなたのくだらない〝イメージ〟のためだけにね！」

一瞬の沈黙があった。「二人とも合意のうえだろう、リリー」

「ええ、そうよ」でも、わたしがすんなりと同意したのには別の動機がなかっただろうか？　そのときには自分でも意識していなかったけれど。時間がたてば彼の怒りが解けるかもしれないという気持ちはなかった？　二人が一度は分かち合っていたものの一部でも取り戻すことができるのでは、と。チーロがいつか自分に感じてくれるようになるかもしれないと願っていた、わたしが愛と呼ぶ何かを。ただし、それは起こらなかった。そうでしょう？　彼が態度をやわらげる気配は少しもない。彼をこの世に産み落とした女性にも、彼が結婚した女性にも。犯した〝罪〟がなんであれ、チーロ・ダンジェロの心には彼を傷つけた女性を許そうという気持ちはまったくない。このままでは、長くとどまればとどまるほど、わたし自身の心が壊れてしまうだろう。どんなに彼に冷たく当たられても、彼を愛さずにいられないとなれば、なおのことだ。

「でも気持ちが変わったわ」リリーは慎重に言った。「あなたと偽りの生活を続けていくことはわたしにはもうできない。イギリスに帰りたいの」

「そんなことはできない」チーロは押し殺した声で言った。

「あら、あなたが許さないとでも?」恐れるものがなくなり、リリーは相手の黒い瞳を見すえた。「あなたが自信満々に演じている横暴な夫役をもう一歩進めて、わたしを止めるの? ソファに鎖で縛りつけるとか、それとも犬のようにうんと長いリードでつないでおく?」

相手の答えを待たず、リリーはバスルームに駆けこみ、乱暴に閉めたドアに鍵をかけた。鏡のなかの顔は血の気がなく、胸が激しく高鳴っていた。確実に自由を取り戻せる方法がひとつある。でもわたしにできるかしら? やりとおすことができる?

十分ほどして、彼女を呼ぶチーロの声が聞こえた。彼と正面から向き合わなくては。だって、こんなことをしたのは何もかもそのためでしょう? だが、口のなかにいやな味がし、ゆっくりとドアを開けた彼女は、恐ろしさに彼が乱れた息を吸いこむより前に、その目に嫌悪感が浮かぶのを見た。

「なんということだ!《ペール・ラモール・デル・チエーロ》」チーロは険しい声で叫んだ。「リリー、なんてことをしたんだ?」

驚愕したチーロの視線がリリーの背後に走った。バスルームの床じゅうにたっぷりした髪の房が散らばっている。収穫されたつややかなとうもろこしの山のように。不慣れな頭の軽さとともにぎざぎざに切られた毛先を顎に感じ、リリーは挑むようにその顎を彼に向けて上げた。

「何をしたかって? 約束を破ったのよ」自分を見つめるチーロの顔にまだ浮かんでいる嫌悪の表情に、気持ちが乱れて声の震えを抑えきれない。リリーは彼が自分に触れようと差し伸べてきた手から初めてあとずさった。初めて、腕に触れる彼の指の感触が、止めることのできない欲望でなく、嫌悪感の引き金となった。わたしはどうしてこんな屈辱的な状況にとどまっていられたのだろう？　自分への軽蔑を隠さない男性に毎夜身をまかせて。

わたしにはプライドも自尊心もないの？

リリーは荒い息遣いで彼のそばから離れた。「髪を切ったのよ！」彼女は言い放った。「しないと約束したことをしたの。約束を破ることできっぱりとけじめをつけたのよ。わたしとの結婚から解放してあげるわ、チーロ。わたしも解放される。もう家に帰して……いえ、帰らせてもらうわ」

11

チーロは引きとめようとさえしなかった。リリーにはそれが何よりつらかった。彼は出ていこうとする彼女の気持ちを変えるような説得はいっさいしなかった。だが考えてみれば、それ以外の何を期待できただろうか？　誇り高く無慈悲な夫が、出ていかないでくれと懇願するとでも？　この茶番のような結婚を維持するために？

それどころか、家に帰るという妻の要求への対応の迅速さは驚くばかりだった。感情的になって髪をばっさり切り落とすような女は、ナポリの名門の妻としてふさわしいわけがないことに突如気づいたように。チーロは黒色の大理石に刻まれたような顔でリリーを見た。

「もしかしたらこれが最善の策なのかもしれない」チーロの声は抑揚がなく奇妙だった。「いつ出発したいんだ？」

「すぐにでも！」リリーは口走った。この状態を長引かせるのは拷問でしかなく、胸の痛みが増すだけだ。「できれば今日の午後の飛行機で発《た》つわ」

　チーロは恐ろしいものでも見るようにバスルームの床に散らばった髪の山に目をやり、それからリリーの顔を縁どる乱雑に切られた髪の毛にいやいや目をやった。「その前に美容院に行ったほうがいいんじゃないのか？」

　その言葉を聞いて、リリーはさらに落ちこんだ。とはいえ、チーロの指摘はもっともだった。やみくもに切ったためちゃくちゃな髪型では、まるで見た目に無頓着な女のように見える。それではダンジェロの家名に傷がつくだろう。

　リリーはかぶりを振った。「帽子で隠すわ」彼女の声はヒステリックに甲高くなった。「わからないわよ？　意外に〝ドゥ・イット・ユアセルフ・カット〟として流行するかもしれないわ」

　チーロは名づけようのない感情がよぎるのを感じた。短い髪の彼女の顔は目だけがやけに目立つ。彼を見上げる大きなサファイア色の瞳が、涙の兆しを見せて光っている。

「弁護士に契約書を作らせよう。グレーンジ館は離婚の慰謝料の一部としてきみに正式に譲渡する。弟の美術学校の費用は約束どおり卒業まで支払う」チーロは苦々しい笑い声をあげた。「当初の目的をかなえて結婚生活を終えるようなものだな。夢にも思わなかったほど金持ちになった。そうじゃないか、リリー？」

　強烈な非難にショックを受けて、リリーは息をのんだ。チーロが自分を金目当てとみなしていたことに気づいて、胸が悪くなった。「あなたから何ももらうつもりはないわ」

「グレーンジ館はほしいだろう」

涙をこらえ、リリーは首を振った。「そこまでして、ほしいとは思わない」こんな屈辱的な状況のなかでそれを受け入れたら、懐かしい我が家がけがされたような気にならないだろうか？　欲張りのレッテルを貼られ、自分もけがされたように感じない？　チーロにまた軽蔑されるような理由を与えてたまるものですか。

「弟を美術学校に通わせたいだろう」

「だからといって、何をしてもいいわけじゃないわ。二人でなんとかするしかないわね。ジョニーが優秀なら奨学金という可能性もあるでしょう。そうでなければ――まあ何か別のチャンスがあるでしょう。世の中のほとんどの人にとっては、それが人生というものよ」

「高潔な言葉だな、リリー。だが本心かどうかは疑わしいものだ」チーロの口元がゆがんだ。「ぼくの弁護士と話をすればすぐに気が変わるだろう。文書で金額を提示するとたちまち効力を発揮するのを、これまでさんざん目撃してきたからな」

「そこがあなたの間違っているところよ、チーロ」リリーは反駁《はんばく》した。彼の辛辣な皮肉に氷のような寒気が背筋に走った。「お金なんかの問題じゃないといつになったらわかるの？」

「それならなんの問題だ？」不信感もあらわに、黒い眉が傲慢に吊《つ》り上がった。「例の雷の話か？」

そうだと言いたい。彼がわたしに感じたことをわたしも彼に感じたのだ、と。でも相手がわたしを信用しようとしないのに、そんなことを言ってなんになるだろう？　チーロは実際には存在していなかった人間――この上なく理想化した実体のない女性に恋をしたのだ。それに、もしかしたらわたしも実在しない人を好きになったのかもしれない。どんなに情熱的にわたしを抱こうと、チーロがいい夫になることはないのだから。女性をつねに冷酷で批判的な目で見る男性と、どんな未来が描けるだろう？

「もうどうでもいいことだわ」リリーは小さくつぶやいた。「これで終わりよ」

その言葉に思いがけない胸の痛みを感じ、チーロはひるんだ。それでも、彼女の言うとおりなのだと自分に言い聞かせた。終わったのだ。そうとなれば、リリーはすぐに発ったほうがいいのかもしれない。お互いのために。

チーロは二箇所ほどに電話をかけ、二時間後には、リリーの鞄《かばん》を彼女を空港に送る運転手の待つ階下に下ろしていた。リリーが大きなサングラスを急いでかける前にチーロが最後に見たのは、光を放つ明るいブルーの瞳だった。リリーは見慣れないヘアスタイルを隠す柔らかな麦わら帽子を引っぱり、衝動的に背伸びしてチーロの頬に唇をかすめた。

「さようなら、チーロ」喉のつまったような声で彼女は言った。「どうか……どうか体に気をつけて」

「きみも」そう言ったチーロは、突然パニックに襲われたように気持ちが乱れた。飛行機から飛び出して、パラシュートをつけ忘れていたことに気づいたような。「リリー――」

「お願い。これ以上不必要に長引かせるのはやめましょう」早口に言うと、リリーは彼のそばを離れ、車に乗りこんだ。

チーロは遠ざかる車を見送った。リリーがもう一度振り返るのを待ちながら。だが彼女は振り返らなかった。見えるのはこわばった彼女の肩と輝く髪を隠す大きな帽子だけだった。彼はぴくりともせずに立ちつくし、まわりを行き交う人々にも気づかなかった。やっと家のなかに戻ったとき、彼はまだ心が重いことに驚いた。しかし、急に感傷的な別れをすることになったのだから、そういう気持ちになるのはごく自然な反応だ、と自分を納得させた。数日もすれば、短い結婚生活の記憶は消えるはずだ。

ところが、そうはならなかった。実際はまったく違っていた。チーロは予期せぬことに自分で驚いていた。彼は自分の生活がいろいろな意味ですでに変わっていたことに気づいた。リリーが来たことで変わり、そして彼女が出ていったことで変わっていた。日常のほんの些細《ささい》な事柄が彼をあざわらい、彼女が本当にいなくなってしまったのを実感させた。突然ベッドが大きすぎるように感じた。朝目が覚めると彼の手は無意識に隣を探るが、リリーの柔らかな体が優しく迎えてくれることはなく、ただ空っぽの空間としわひとつないシーツがあるばかりだった。

妻がイギリスに帰ったという噂《うわさ》が広まると、チーロはまた〝独身市場に戻った〟とみなされ、女性たちからの関心が急激に高まった。だが、彼の気分は晴れなかった。少しも愉快ではなかった。近づいてくる女性たちは彼に嫌悪感を催させ、会話は退屈だった。彼は、二人で出かけたときにリリーがどんなにすばらしい同伴者だったか気づいた。もちろん、家に帰ってからもほかのすばらしい魅力があった。今やディナーは恐ろしいほど孤独な食事か、一緒にいたくもない人々に囲まれて耐え忍ぶ儀式と化した。

チーロは、ロンドンの弁護士事務所に電話して彼が提示した莫大《ばくだい》な慰謝料にリリーが飛びついたことを確認しようとした。それを聞けば彼女の強欲な本性の確証になり、安心できるかのように。ところが、彼女はそんなことはしていなかった。弁護士が驚いたような声で報告する内容は容易に理解しがたいものだった。リリー・ダンジェロは何も受けとることなく結婚を終了させた、という報告は。

「何も取らなかった？」チーロは信じられずに念を押した。

「まったく何も《ニエンテ》」弁護士は間違いのないようにイタリア語で返事をした。

チーロは頭を悩ませた。彼はロンドンの知人にリリーの動向を調べさせ、その返事に驚愕《きようがく》した。彼女はティールームの二階の元のアパートメントに戻り、またウエイトレスとして働いているという。リリーはチャドウィック・グリーンに戻っていたのだ。望むだけの富を手に入れられたのにもかかわらず何も取らなかった彼女に、チーロは困惑した。それまで確信を持っていたことが急にすべて不確かに思えた。だが、同じ調査人からの別の報告が来たとき、彼はある種ひねくれた満足感を覚えた。

リリーは母親の形見の真珠のネックレスをオークションに出していた！

美しいネックレスが最低競売価格の何倍もの値段でせり落とされたのを知り、チーロはなんとなくほっとしたような気持ちがした。彼女は、母の形見のネックレスをどこの誰とも知れないアメリカ人に売りとばした。思い出の品が聞いてあきれる！　彼は、継母にネックレスを持ち去られたと言ってブルーの瞳を曇らせたリリーを思い出した。彼がそれを取り戻し、首にかけたときの彼女の心からの感謝の表情も。あのときは母親を慕ってのことと思っていたが、本当はもっと欲得ずくだったのだ。もちろんリリーはネックレスの莫大な価値に気づき、次に彼女を養う間抜けな男を見つけるまでの軍資金に替えられると踏んだのだろう。

チーロはリリーを頭のなかから完全に追い出そうと仕事に没頭した。ところがその週のうちにイギリスから一枚の葉書が届いた。リリーの弟からだった。めちゃくちゃな色使いで構成された絵は彼の自画像のようだった。メッセージは短かった。

〈こんにちは、チーロ。今日の午前中に美術学校から手続き完了の通知が届いた。授業は九月から始

まる。ぼくにチャンスをくれたお礼を言いたかったんだ（とってもありがとう《ミッレ・グラッィエ》と言うべきかな！）。じゃ、また。ジョニー〉

チーロは困惑しながら葉書を眺めた。文面からすると、ジョニーは姉夫婦が別れたことを知らないようだ。それよりも何よりも、ジョニーはぼくが美術学校の学費を出してやったと勘違いしている。いったいどうなっているんだ？

チーロはテラスに出た。状況を推理しようとする彼の心臓は早鐘のように打っていた。彼は学費の出所の唯一の可能性に気づいた。あらゆる状況証拠はそれを示唆している。彼はこわばった腿の脇で両手をきつく握りしめた。リリーは弟を学校に行かせるために大切な母の形見の真珠のネックレスを売ったのか？　ぼくは彼女のことを誤解していたというのか？

チーロは湾を覆うぼんやりとした青い薄闇に目をやったが、彼に別れを告げたときの妻の光る瞳のほかは何も見えなかった。激しい後悔が襲ってくる。ぼくはなんてことをしてしまったんだ？

太陽が水平線に沈み、やがて月が昇って銀色の光でベランダを照らすまで、チーロはそこに立ちつくしていた。リリーのもとへ行って、ぼくには受ける資格のない許しを乞うのはもう遅いだろうか？　誇り高く人に迎合しない彼女は、おそらく許してはくれないだろう。チーロは口元を引き結び、部屋に入ってパスポートを手にした。遅いかもしれないが、やってみるしかない。

だが、その前にするべきことがある。

12

どう見ても窓には少しのよごれもない。それでもリリーは断固磨くつもりだった。ダニエルには、最近のあなたはとんでもなく〝潔癖症〟だ、と始終ちゃかされている。リリーはあえて否定しなかった。あながち間違っていないからだ。家のなかのこまごました仕事は不思議に気持ちが落ち着く。さほど大きな労力が必要なわけではないし、結果的に部屋もそれなりにきれいに見える。ラジオを聴いていることが多いが、いつの間にかリスナーからの電話コーナーに聞き入っていることがあった。他人の話を聞くのは自分の話をするよりはるかに簡単だ。リリーは今自分に向けられる質問にはどう答えたらいいものかわからなかった。でも、くよくよしても始まらない。結婚が破綻してまだ日も浅く、元の暮らしに戻ろうともがいている段階なのだ。

わたしにとっては、元の暮らしが新生活なのだ。

リリーがチャドウィック・グリーンに戻ってほぼ一カ月になるが、いろいろな意味でまるで何事もなかったかのように思えた。ティールームもアパートメントもそのままだ。友人たちも。フィオナはもちろん元の仕事に戻ってほしいと言い、ダニエルはリリーが帰ったのを見て大喜びした。だが、顔には出さないようにしているものの、二人ともリリーを心配しているのは当然だった。もっともリリーの過激な短い髪型には、二人とも目に見えるショックを示した。リリーがかなり痩せたことにも。

ダニエルはナポリで何があったか単刀直入にきいてきた。リリーはつらい気持ちの一部分だけでもぶちまけてしまいたかった。でも、ここに舞い戻るに至るまでのこみ入った一連の出来事をどうやって説明できるだろう？　リリーはチーロについて考えた。つねに考えていると言っていい。彼が二人の未来にいだいていたたくさんの希望のことも。彼女も同じ希望を持っていた。二人とも、永遠に揺らぐことのない何か強固なものを築きたいと思っていた。いつまでも二人がひとつになっていられることを。それなのに、お互いにどれほどそれを台なしにしてしまったことだろう。わたしは、わたしがバージンかどうかにこだわる彼の古い価値観を即座に批判した。彼が現実を受け入れずに自分の理想に固執することに憤った。彼にとっては、わたしが今までの女性たちと同じ強欲な金目当ての女だと思っていたほうが、ある意味気が楽になるのは見てとれた。

とはいえ、わたしも自分の性経験を意図的に隠してはいなかっただろうか？　否定はできない。チーロが目の前に描いてくれた夢にしがみついていたかったからだ。偽りのイメージを作ってみせることを自分に許してしまった。自分がそうありたい姿だったとごまかして。動機がなんだったのかは関係ない。間違いだったのだ。つまり、わたしも結婚の破綻に同じように責任があるということだ。つかの間の愛情とそれに続く苦しみはあくまで二人のあいだの問題だ。夫の名前をけがすような事実は打ち明けられない。相手が誰であろうと。どうしてそんなまねができる？　今でも彼を愛しているのに。

窓の外はまぶしいばかりの晴天だった。今年の初秋はイギリスにしては記録的な快晴が続いている。リリーは、そうでなかったらよかったのにと思うこともあった。例年のように雨が降りつづき、季節はずれの暖房を入れたくなるくらい急に寒くなる日があったほうが、今の自分の気持ちにぴったりじゃない？　外に出て青白い肌に日光を浴びたい気分にはとてもなれない。ダニエルと一緒に電車で海岸へ行く気分でもない。隣のパブの前にたむろしている酔っぱらいが大声でどんちゃん騒ぎをするのを聞かされているだけでも、気が滅入《めい》った。

窓をダイヤモンドのようにぴかぴかにしてやろうと決め、リリーはお湯を入れたバケツを窓枠に置いた。以前のように落ちてきてくすぐる長い髪がないと、なんだか首筋がすかすかする。短く刈りこんだ髪型にはまだ慣れず、顔見知りの知人が彼女の髪を初めて見たときに驚いてまた見直すのを見ると、リリーは口元がほころんだ。彼女はこの辺でいちばん大きな町に行き、ダニエルに勧められた美容師に髪を切り直してもらっていた。とうもろこし色の髪は頭の形に添って整えられ、顔にかかる部分はフェザーカットに仕上げられた。確かに別人のように見える。でも、きっとそれはいいことなのだろう。わたしが変わったのは否定できないのだから。わたしは大きなつらい出来事を経験した。人はそういうことがあると必ず変わるものだ。

リリーはきれいに磨き上げた窓を大きく開き、空気を入れ換えた。前の道路を車が走り去っていく。〈ケンブリッジ公爵夫人〉の外の酔っぱらいの笑い声を聞きながら、彼女はこの先ずっとこんな気持ちでいるのだろうかと思った。いつか疎外感でなく、自分が現実世界に属していると感じることがあるのだろうか？　それともいつも傍観者のように人生の端に座り、失った愛を死ぬまで嘆きつづける、あの影の薄い人々のようになる運命なの？

お茶をいれようと窓を離れかけた彼女の視線が、村の広場をこちらに向かって歩いてくる人の姿をとらえた。リリーはまばたきした。漆黒の髪とそびえるような体つきの、すぐにそれとわかる男性。彼は真っ白なシャツに上質なグレーのズボンをはいていた。初めて彼と出会ったときとよく似た格好に、彼女は胸が押しつぶされるような思いになった。

チーロだわ！

チーロですって？

リリーは窓枠につかまって体を支え、息を乱した。彼を見るのはつらかった。つらいのは、自分が手にすることができていたはずのものを思い知らされるからだ。そして、彼を今でも愛しているから。

大股で近づく彼はあっという間に彼女の窓の下に立った。チーロはリリーを見上げた。二人は長いあいだ見つめ合っていた。リリーはチーロの姿に見とれた。研ぎ澄まされた頬の骨格と、黒い瞳をたまらなくセクシーに見せている濃いまつげ。明るい太陽の下で彼の髪はタールのように光沢を帯び、オリーブ色の肌は柔らかな黄金色に輝いている。だが、うなずいて挨拶した彼の表情は険しかった。まるで無言で自分自身を叱咤《しった》激励しているかのようだ。

リリーは酔っぱらいの声が聞こえなくなったことに気づいた。まるで世の中が全部固唾をのんで静まりかえっているような気がする。聞こえるのは軽やかな小鳥の声だけだ。リリーは身を乗り出した。胸の高鳴りがチーロにも聞こえているに違いない。彼女は声が震えないように努力しながら口を開きかけた。実際よりも平然とした口調で話したい。最悪の心の痛みはもう通り過ぎたと思いたかった。もう一度経験するのは耐えられない。「何しに来たの？」

「わからないのかい、リリー？」

「ティールームはお休みよ」彼女はちゃかした。

「ティールームなんかどうでもいい。ぼくはきみに会いに来たんだ」

リリーはもう一度息をのんだ。お互いに言いたいことはもう全部言ったんじゃなかったの？　こうしている今も、法外な料金を取る彼の顧問弁護士団は離婚同意書を作成しているでしょう？「なぜ？」

チーロは鋭く目を細めた。突き放したような質問は、リリーの繊細な外見に似合わなかった。彼はフエザーカットの新しい髪型のせいで小妖精のように見える顔に見入った。あの豊かな美しい髪を彼女が切ったのは、自分の残酷な言葉のせいだと思うと身がすくむ思いだった。彼は言うべきことを用意してあった。リリーに会ったら言うつもりだったことは山のようにあった。だが、今は何も口に出てこなかった――たったひとつの大切な言葉を除いて。

「謝りに来たんだ」

リリーはめまいがした。聞き違いかしら。だが、いつになく真剣なチーロの表情がそうではないと言っていた。彼女はぼんやりと、〈ケンブリッジ公爵夫人〉の前が異様に静かなことにあらためて気づいた。常連たちはどんなにこの状況をおもしろがって見物していることだろう。彼女は気持ちを取り直した。「ここでこんな話はできないわ」

「それなら下りてきて、ぼくを家に入れたらどうだ」

心臓が早鐘のように打ちながらも、リリーは軽いいらだちを感じた。傲慢な態度は相変わらずだこと！　だが階段を下りながら体から力が抜けていき、ドアを開け、心臓がひっくり返りそうな、いとおしさと後悔のこもった黒い瞳を見てますます力が入らなくなった。久しぶりに近くでチーロを見て、どれほど自分が彼に会いたかったか気づいた。これ以上誰かを恋しく思うことは不可能だろう。彼女はたくましい腕に身を投げたい衝動に駆られた。抱きしめて、何もかもうまくいくと言ってほしい。でも、自分の衝動が往々にして危険なことは学習してきた。

リリーは脇によけて彼をなかに入れた。男性的な強い香りが漂う。こんな狭い廊下ではとても話などできない。手を伸ばせば触れるほど近い場所にいる彼の魅力に負けて、あとで悔やむことをしてしまいそうだ。もっと距離を作る必要がある。「二階のほうがいいわ」

チーロはリリーのあとに続いて狭い階段を上った。目の前で揺れるヒップとコットンのドレスの衣擦《きぬず》れの音に朦朧《もうろう》とならないよう、努力しながら。こめかみがハンマーに打たれているように脈打ち、口のなかはからからだった。さっきの謝罪の言葉だけでリリーがすぐに許すと思っていたのか？　そうかもしれない。彼は誰にも頭を下げないことで有名だった。自分の謝罪の威力を過信していたのかもしれない。

居間に入ったチーロは、リリーがずいぶん努力したことに気づいた。窓には小花模様の新しいカーテンがかかり、ソファベッドは手作りのカバーのようなもので一部隠されていた。暖炉の上に鮮やかな色使いの大きな絵がかけられている。チーロはすぐにその画法の特徴に気づいた。

「ジョニーの絵？」

リリーは思いがけない言葉に驚き、いぶかしげな表情で振り返った。「そうよ。どうしてわかったの？」

「葉書をもらってね。彼の技法はとても特徴的だ」

「ジョニーの絵の才能について話すために来たの？」

「今から話すことはそれとまったく関係がないわけではない」

リリーは不審げに目を細めた。「それは興味深いわね」

「きみはジョニーの美術学校の学費を工面するためにお母さんの形見の真珠を売った、そうじゃないか？」

リリーは大きく目を見開いた。「そうだとしたらなんなの？」

「それなのに、自分に正当な権利があるものは拒否した」チーロは声を低め、相手の顔を観察した。「離婚の慰謝料を受けとれば、あんなに大事にしていたネックレスを手放さずにすんだはずだ」

リリーは首を振った。いらだちのあまり彼に拳をたたきつけたい気分だった。「いつまでたってもわからないのね、チーロ？　生まれてからずっとあなたは物事を損得勘定だけで見てきて、なんでも数字で表せると思っている。なんにでも値段がついているってね！」

「それは違うよ、リリー」チーロはかぶりを振って言った。「ぼくはわかったんだ。ただ、わかるのにどうしてこんなに時間がかかったのかと思うけどね。きみは、ぼくからどんな形であれいっさい恩義を受けたくないから慰謝料を受けとらなかったんだ」

「まあ、ブラボー」リリーは軽く手をたたいた。

「だがそれだけじゃない。ぼくは気づいたんだ。きみは物よりも人を大切に思っている。この世でいちばん大事な宝石も、それがどんなに愛着のあるものであろうと、弟の夢が壊れるとなったらきみにとってはなんの意味も持たなくなるんだ。だからきみは、弟を美術学校に行かせるために真珠を売った」

リリーは窓に近づき、外に背中を向けた。「どうしてわかったの？」

「ジョニーが送ってきた葉書は、学費を出してくれたことをぼくに感謝するものだった。それできみがしたことに気づいたんだ」

「オーケー、あなたが真相に気づいたのはわかった。でも、まだなぜあなたがここに来たかの説明になっていないわ」

ここまで言えば充分だと思っていたのか？　まずは謝罪し、そのあと経過を説明すれば彼女が許してくれると？　ああ、そう思っていたさ。だが、それは間違っていたようだ。リリーの青い瞳は少しも揺るがない。ぼくは彼女をあまりにも深く傷つけたのだ。彼女はまた傷つけられるのを恐れている。

「きみという人間を誤解していたことを悪かったと思っているからだ」チーロはぶっきらぼうに言った。

「ぼくの最初の直感は間違っていなかった。きみはほかの女性とは違う。強欲で金目当ての人間性なんてきみにはない」

リリーは乱れた息をのんだ。「やめて――」

「いや、待ってくれ。まだ終わっていない」チーロはふいに、自分がなぜずっと〝愛している〟という言葉を安易だと嫌っていたか気づいた。ある意味、本当に安易に使われがちな言葉だからだ。だが、それが非常に重要な言葉であることもわかっていた。とても深い意味を持った言葉だと――特に女性にとっては。ところが、今は自分にとっても深い意味のある言葉だった。

「愛してるんだ、リリー」彼は素直な気持ちで言った。「きみなしではぼくの人生は空っぽだ。ぼくはまた元の自分に戻れるだろうと思っていた。だが、戻れないし、何よりも戻りたくないんだ。もう昔の自分ではないからだ。リリー、きみがぼくを変えたんだ。ぼくの考え方を変えた。世の中の見方も、そこにいる人々に対する見方も」

「チーロ――」

「これだけは言わせてくれ」チーロは勢いこんで言った。「きみがいなくなったあと、アパートメントはあまりにも……がらんとして見えた。ぼくは、きみがぼく自身やぼくの非情な性格について言ったことを全部思い返した。長いあいだそこに座ってじっくりと考えてみた。そして母に会いに――」

リリーは驚いて目をしばたたいた。「お母さまに会いに行ったの？」

「ああ、行った。生まれて初めて、ぼくは母が言いたかったことにきちんと耳を傾けた。過去に起こったことを子どもの目でなく、大人の視点で考えてみる努力をした。母はぼくに許しを乞い、ぼくは許した。そしてぼくも、母に許してほしいと言って、母も許してくれた。そうしたら涙が出てきた」彼自身も驚いたそのときの激しい感情を思い出し、チーロは胸にこみ上げるものを感じた。「でも泣いたのは、ほかのもろもろのことと同時に、失った愛を思ったからだ。信じられるか、リリー？　チーロ・ダンジエロが涙を流したなんて？」

リリーはうなずいた。「信じられるわ。それに、泣いたからどうだというの？　涙が男らしくないということにはならないわ」彼女はきっぱりと言った。「本当の男らしさの証明よ。感情を表すことを怖がる男性は精神的な臆病者ですもの。あなたは臆病者じゃないわ、チーロ！」

チーロはリリーの立つ窓辺に近づいた。リリーの顔はこみ上げる感情を必死に抑えるかのようにこわばっていた。チーロはほんの数週間でなく永遠に会っていなかったような表情で、彼女を見つめている。

「母はぼくがすでに知っていたことをあらためて教えてくれたよ。きみに出会ったことはぼくの人生で最高の出来事で、きみを行かせてしまったぼくは大ばか者だということをね。だが、どうしてぼくにきみを止められただろう？　あんなにひどく責めたてたのに。ぼくはきみに許してもらわなければと気づいた。ぼくのもとに帰ってくることを考えてくれないか、と」しばらくチーロは黙った。とても大事なその言葉を口にするのが難しかったせいかもしれない。「またぼくの妻になってほしい、ともね。ただし、今度は本当の意味での妻だ。見せかけじゃない。真実にだ。そこにあるのは愛情だ。いつまでも変わらない愛情だ」

リリーは震える唇を噛《か》んだ。突然まばたきして涙をこらえなければならなくなったわたしの目を見れば、彼には答えがわかるはずよね？　だが、彼がこうして自分のもとに来てくれたことへの感謝の念に頭がぼんやりしながらも、彼女は自分も責めを負うべきだと気づいた。二人の関係が壊れたことの責任を、すべてチーロにかぶせてしまってはいけない。「初めてでないことを言わなかったわたしもいけなかったのよ」

「そんなことは関係ないんだ」チーロは自分が夢遊病者のように振るまっていた気がした。バージンかどうかが彼女を失う危険を冒すほど重要だなどと、どうして思えたのだ？

「あなたにはわざとだましたように思えたかもしれないけれど、わたしは決してそんなことは考えていなかった。つまり、あなたをとても愛していたから、わたしには初めての、唯一の経験のように感じたの。あなたに出会って過去の出来事はすべて意味のないつまらないことに変わった。まるで実際に起こらなかったかのように」

「愛していた？」チーロは繰り返した。「過去形なのか？」

「愛している――現在形よ」リリーは優しく答えた。「今も、これからもずっと。愛するチーロ。あなたがいないと、わたしは半分人間じゃないような気持ちになるの」

チーロは胸がつまって言葉が出なかった。あふれる思いでいっぱいになり、リリーを引き寄せ、強く抱きしめることしかできなかった。しばらくしてから、ようやく彼は顔を傾け、唇を重ねた。リリーが彼の人生から出ていったあの陰鬱な日からずっと夢見ていたように。どこにも行くあてのない彼女を、非情にも追いやったあの日からずっと。

だが、もうリリーはどこにも逃げる必要はない。ぼくも彼女を捜しに行く必要はない。これから二人はずっと一緒だ。ここでも、ナポリでも。一緒にいれば、どこにいるかは重要ではない。二人が一緒にいるかぎり、四つの壁さえあれば、そこが二人の我が家になるのだ。

エピローグ

チーロは巨大なキャンバスを眺めた。「これは何を描いたことになっているのかな？」

「鈍いことを言わないでちょうだい、ダーリン」リリーが小声でささやいた。「もちろん、あなたじゃないの。ジョニーの自信作だし、先生たちもみんな絶賛しているわ。だから、昼食のときにけちをつけるようなことはいっさい言っちゃだめよ。約束して」

チーロは顔をゆがめて目を細め、乱暴に描かれた円とそのなかの二つの黒い点、人参《にんじん》のような形の大きなオレンジ色の染みをまじまじと見つめた。とても自分に似ているとは思えない。というより、似ているものなんて何もない。せいぜいが雪だるまにしか見えない。でも、美術界の目利きがこぞって称賛しているというのなら、どうしてぼくにその審美眼を疑えるだろう？

「ジョニーが受けてしかるべき称賛だけを与えると約束するよ。それにこの絵が認められてパリで勉強する機会を与えられたのなら、きっといい絵に違いないしね」チーロは当たり障りなく言った。

リリーは美術学校でのジョニーのすばらしい成績のことを思い、喜びの吐息をついた。こんなに幸せなことがあっていいものなのかしら。目が覚めると、ときどき自分が夢を見ているのではないかと思うことがある。たいがいは、ナポリの家で朝ベッドを抜け出しテラスに出て、比類のない湾の景色を眺めるときに。けれど、信じられないほどの喜びとともに目覚めるのは、昔の家でも同じだ。

チーロはグレーンジ館をホテルにするのをやめた。

二人は屋敷を本来の美しい住まいに丁寧に復元し、可能なかぎり訪れている。リリーは、チーロがその家をいずれジョニーに渡すつもりだと知っていた。実際のところ、才能ある弟のための大きなアトリエを作るのに充分な部屋があるのだ。それどころか、複数のアトリエを作ることになるかもしれない。経済的に困っている画家に家を開放できないだろうか、とジョニーはチーロに相談していた。そして往々にして画家は貧乏なものなのだ。チーロはその案をほほ笑ましく受けとめた。

顔を上げたリリーは、チーロがにっこりしているのを見て笑みを返した。「昼食の前にちょっと手を洗ってくるわ」

「ここで待っているよ、かわいい人《ドルチェッツァ》」チーロは甘い声で答えた。

トイレを見つけて手首に冷たい水を受けながら、リリーは鏡のなかの自分を見つめた。ずいぶん変わったものだわ。女性は髪型にその人生が表れるものね。結婚生活の最初の数年は、リリーは髪を短くしていた。そのほうが好きだと言うチーロの言葉を彼女は信じていた。彼のその言葉はリリーにとっていろいろな意味で重要だった。もっとも彼女は、もうチーロは長い髪を下ろしたときにしか自分に欲望を感じないと思いこむ、自信のない女の子ではなかったが。人にはよく、小妖精のような顔立ちが往年の名女優のミッチー・ゲイナーを思い出させると言われた。ミッチー・ゲイナーが着る一九五〇年代特有の服はリリーも好きだった。

だが、最近彼女は自分のスタイルを変える決心をした。手始めに髪を伸ばそう。短い髪は手入れが大変だった。それに、もう間もなくそう頻繁に髪をカットしに行けなくなるし……。

もうひとつ始めたのは、最新のデザインの服を買うことだ。もはやお金に困ってはいないし、困っているふりをするのもばかげている。もう自分で服を作る必要はない。女性らしい曲線美がまた流行しているらしく、彼女に似合うデザインがたくさん目につくようになってきた。だいたい、代わり映えのしない服を着たがる女性がどこにいるだろう？　最近は、シャープで現代的なデザインや、正式なパーティでは正絹の軽やかな素材のドレスを試してみていた。

リリーは首にかかるなめらかな真珠のネックレスにそっと手を当てた。チーロがなんとか買い戻してくれたものだ――もう一度。もっとも、チーロはわざと厳《いか》めしい顔で釘《くぎ》を刺した。これが習慣になっては困る、今後は絶対に手放させないぞ、と。いつかこれを身に着ける娘ができるかもしれない、とも言った。リリーは鏡に向かってにっこりした。そうかもしれないわね。

チーロのところに戻ると、ジョニーが一緒にいた。

伸びた髪が肩まで届きそうだ。情熱的な顔立ちがたくさんの女性の視線を引きつけている。実際、弟の腕には魅力的な女性がちゃっかりぶら下がっていた。スパンコールのミニのドレスにピンクのウエリントンブーツというありそうにない装いだった。

「昼食の前にフルアを駅まで送ってこようと思うんだけど」ジョニーが言った。「いいかな、姉さん？」

「もちろんよ。チーロとわたしは先にレストランに行ってるわね。お目にかかれてうれしかったわ、フルア。楽しい夏を過ごしてね」

「ありがとう」フルアはにっこりした。「あなたもね」

リリーはチーロの腕に手をかけ、遠ざかる若い恋人たちを見送った。なんだか今日は妙に年を取った気分だわ。

「ずいぶん静かじゃないか」チーロが尋ねた。「そんなときはたいがいトラブルの前触れだ。レストランに行ってぼくが極上のシャンパンを注文するから、きみは優秀な弟の栄光の感慨に浸ってはどうかな？それから、何を考えているか教えてくれ」

顔を上げたリリーの瞳はきらきらと輝いていた。

「すばらしいアイデアだわ。もっとも、シャンパンは飲めないと思うけれど」

「だって、お祝いだよ」

「そうよ」リリーは小声で言った。「でもね、お祝いの理由はひとつだけじゃないのよ。あなたに言うことがあるの。今晩家に帰ってから言おうと思っていたけど、もうこれ以上我慢できそうにないわ」

チーロは今まで見たことがないような表情でリリーをまじまじと見つめた。「赤ん坊ができたのか？」彼は震える声で尋ねた。

「そうよ」リリーはうなずき、唇をきつく引き結んで喜びの涙をこらえた。「そうなのよ！」

しばらくチーロは動かなかった。まるで時間をかけて彼女の言葉を理解しようとするかのように。それからリリーに腕をまわし、キスをした。あまりに熱烈なキスのため二人とも息が苦しくなって唇を離し、リリーはくすくすと笑った。それからチーロは、また頭を傾けてさらにキスを続けた。

だが幸いそこは画廊だ。愛こそ、画家の商売の種のひとつだ。よって、鮮やかな色使いのキャンバスの下でしっかりと熱い抱擁を続ける男女に、注意を払う者は誰もいなかった。

ハーレクイン®

いつわりの純潔
2013年5月5日発行

著　　者	シャロン・ケンドリック
訳　　者	柿沼摩耶（かきぬま　まや）
発 行 人	立山昭彦
発 行 所	株式会社ハーレクイン 東京都千代田区外神田 3-16-8 電話 03-5295-8091（営業） 0570-008091（読者ｻｰﾋﾞｽ係）
印刷・製本	大日本印刷株式会社 東京都新宿区市谷加賀町 1-1-1

ISBN978-4-596-12851-5 C0297

5月20日の新刊 発売日5月16日

※地域および流通の都合により変更になる場合があります。

愛の激しさを知る　ハーレクイン・ロマンス

恋の呪文をささやいて	サラ・クレイヴン／漆原　麗 訳	R-2854
楽園の忘れ物	ケイトリン・クルーズ／田中　雅 訳	R-2855
キスの記憶は消えない	リン・グレアム／井上絵里 訳	R-2856
悪魔との甘美な契約	シャンテル・ショー／槙　由子 訳	R-2857
傷心のハネムーン	メイシー・イエーツ／深山　咲 訳	R-2858

ピュアな思いに満たされる　ハーレクイン・イマージュ

愛を許す日	メレディス・ウェバー／西江璃子 訳	I-2275
水の都で二度目の恋を	シャーロット・ラム／大谷真理子 訳	I-2276

この情熱は止められない！　ハーレクイン・ディザイア

砂漠に囚われた花嫁（アズマハルの玉座Ⅱ）	オリヴィア・ゲイツ／中野　恵 訳	D-1563
プリンスの罪な誘惑	サンドラ・ハイアット／高山　恵 訳	D-1564

もっと読みたい"ハーレクイン"　ハーレクイン・セレクト

三十日だけ恋をして（ルールは不要Ⅲ）	リアン・バンクス／速水えり 訳	K-150
十七歳の恋	アン・メイザー／江口美子 訳	K-151
ウェイド一族	キャロル・モーティマー／鈴木のえ 訳	K-152

永遠のハッピーエンド・ロマンス　コミック

- ハーレクインコミックス（描きおろし）　毎月1日発売
- ハーレクインコミックス・キララ　毎月11日発売
- ハーレクインオリジナル　毎月11日発売
- ハーレクイン　毎月6日・21日発売
- ハーレクインdarling　毎月24日発売

フェイスブックのご案内

ハーレクイン社の公式Facebook　www.fb.com/harlequin.jp

他では聞けない"今"の情報をお届けします。
おすすめの新刊やキャンペーン情報がいっぱいです。

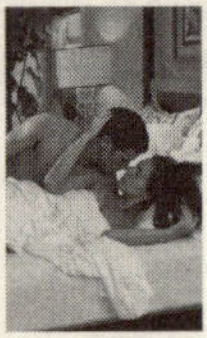

今見逃せない注目の作家メイシー・イエーツ

ボスから婚約者のふりをしてタイ出張へ同行するように命じられたクララ。彼に想いを寄せていた彼女は傷つき、役目を終えたら会社を辞めることを宣言するが…。

『傷心のハネムーン』

●ロマンス
R-2858
5月20日発売

不動の人気を誇る超人気作家リン・グレアム

18歳の時、事故で親友を死なせてしまったアヴァ。3年後、新しく職を得たが、その会社の経営者は少女の頃から好きだった親友の兄だった。彼の呼び出しに…。

『キスの記憶は消えない』

●ロマンス
R-2856
5月20日発売

メレディス・ウェバーが描くアルゼンチン男性との恋

ある事故が原因で、愛した男性から突然の別れを告げられたキャロライン。娘を産み育てながら彼の行方を探しあてたが、再会した彼に冷たく追い払われてしまう。

『愛を許す日』

●イマージュ
I-2275
5月20日発売

サンドラ・ハイアットのロイヤル・ロマンス

名家の令嬢レクシーに、幼い頃から憧れていたプリンスとの縁談がもちあがった。しかし彼女を迎えにきたのは、仮面舞踏会でキスしてしまったプリンスの弟で…。

『プリンスの罪な誘惑』

●ディザイア
D-1564
5月20日発売

3大ラテンヒーロー　スペイン人

漆黒の瞳の大富豪——その体には情熱の血が流れている。

弟を追って訪れたスペインで、謎めいた傲慢な男に出会った。

レベッカ・ウインターズ作『魅惑の貴公子』（初版:I-1116）

●プレゼンツ 作家シリーズ別冊／PB-130　**5月20日発売**

秘書ドルーは、ボスへの想いを胸に秘めながらも退職を告げた。ところが優秀な彼女を手放したくないボスに騙され、アドリア海に連れ出されてしまう。

ケイトリン・クルーズ作『楽園の忘れ物』

●ロマンス／R-2855　**5月20日発売**